아무도 관심 없는
마음이지만

나는 내 마음이 잘 지내면 좋겠다

아무도 관심 없는
마음이지만

김정아
지음

유노
북스

아무도 관심 없는
마음이지만

"요즘 뭐해?"라는 질문에 지난 일 년 동안 "일기 같은 글을 쓰고 있습니다"라고 대답했습니다. 그땐 너무 어려서, 너무 바빠서, 너무 우울해서, 너무 기뻐서 혹은 너무 어리석어서 미처 기록하지 못했던, 그러나 여전히 내 마음을 자주 찾아오는 사건들, 사람들, 말들을 하나하나 관찰하며 뒤늦은 일기를 썼습니다.

나조차도 관심 없었던 내 마음을 들여다보며, 나와 조금 더 친해지고 나를 조금 더 좋아하게 됐습니다. 그리고 나조차도 관심 없었던 내 마음을 보호해 주고 보살펴 준 인연들에 감사하게 됐습니다.

수많은 책 중에《아무도 관심 없는 마음이지만》에 눈길을 주고 손길을 뻗은 당신은 이미 자신의 마음에 관심이 있는 사람일 겁니다.

저의 마음을 펼쳐 주셔서 감사합니다. 이 책을 읽으며 당신의 마음도 펼쳐 보시길 바랍니다. 누군가와 주고받았던 마음이 기억나고, 그동안 마음에 걸렸던 일들이 새롭게 해석된다면 참 좋겠습니다. 날마다 밝고 씩씩한 마음을 먹으며, 당신의 소중한 마음을 잘 지켜 나가시길 응원합니다.

김정아

_ 차례

프롤로그
아무도 관심 없는 마음이지만 • 004

1장

눈에 보이지도, 손에 잡히지도 않는

마음을
주다

마음속에 시계를 하나 더 걸어 둔다는 것 • 013

나는 늘 무난한 선물을 산다 • 016

다 잘되라고 해 주는 소리 • 018

네 삶에 끼워 줘서 고마워 • 021

사랑을 잘 받는 연습 • 024

한강 위에서 솔직해지는 사람들 • 027

절체절명의 순간에 피할 길 • 030

평범하고 건강한 사랑을 하고 싶다 • 033

사랑스럽고 사소한 참견 • 035

푸른 새벽을 깨우는 아침형 인간 • 039

덥석 받고 마구 건네야 할 칭찬 바통 • 042

'어떤 사람'과의 소중한 만남 • 046

네 행복이 곧 내 행복이 된다 • 049

첫 마음을 만나다 • 053

서로 한턱내며 사는 삶 • 056

"제 이름을 불러 주세요" • 058

말하지 않아도 아는 사이 • 061

그대, 나의 비상 연락망 • 065

편지 한 통에 보내는 따뜻한 악수 • 068

늘 붙어 다니는 감동과 감사 • 071

맛있는 음식을 먹을 때 생각나는 사람 • 074

고마운 실수 • 078

나머지 364일도 해피 뉴 이어 • 081

구슬아이스크림을 사랑한 소녀 • 084

2장

생각이 복잡한 날엔

마음에
걸리다

관계의 치실질 • 091

'기분 나빠', '건방지게'의 공통분모 • 094

효도의 레벨 • 098

입이 문제야, 요 입! • 102

반쯤 열어 두고 나온 창문처럼 • 105

하나를 보면 열을 안다? • 109

그때는 맞고, 지금은 틀리다 113

악연을 푸는 주문 • 116

너와 나를 잇는 말줄임표 • 119

'마라톤, 똥'을 기억하자 123

내가 처음으로 사랑한 강아지 • 126

공유된 비밀의 무게만큼 • 130

남이 되기 위한 헛수고는 이제 그만! • 134

보폭이 잘 맞는 사람 • 137

맛집 옆 가게 사장님의 마음 • 140

타인의 모습을 통해서 • 144

모진 말에도 흔들리지 않는 마음 • 147

조용히 조심히 산다 • 151

3장

시도 때도 없이

마음을
먹다

계획대로 되지 않아서 좋은 점 · 157

사랑해서 헤어진다는 진심 · 160

파트타임이 될 수 없는 풀타임 인생 · 163

질문이 많은 아이, 질문이 없는 어른 · 165

내장의 아름다움을 위하여 · 169

잘하는 기쁨보다 자라는 기쁨 · 172

꽃잎 하나가 떨어지네 · 175

시간이 흐른 뒤에 보이는 젊음 · 180

최고의 것을 선택하기 · 183

선한 이웃으로 산다는 건 · 186

누굴 위한 산책이었을까 · 190

보물찾기하듯 산다면 · 192

'하면 된다'는 담백한 격려 · 195

과일을 먹으며 생각한 것 · 199

마지막 군고구마 · 202

상냥한 이기심으로 · 206

'나는 오늘' 일기를 썼다 · 209

멸치의 마지막 얼굴 · 212

배려에 대한 흔한 착각 · 215

단골 주인으로 살기 · 218

조금은 대범하게, 조금은 뻔뻔하게 · 221

뜨거운 물을 기다리며 · 225

가볍게 여행하듯 살고 싶다 · 229

인생 전체를 두고 봤을 때 · 232

4장

내 진짜 행복이 살아 숨 쉬는

마음을
지키다

가장 치열한 전쟁터 한가운데서 • 239

앞서가지 말고 지금 여기에 집중! • 243

'자유롭게 살고 싶다'는 갈망 • 246

"괜찮아, 넌 소중한 사람이야" • 250

너와 나의 카밍 시그널 • 254

마음이 보내는 신호, 거짓 배고픔 • 257

고통의 순기능 • 260

마음의 정원을 돌보는 기쁨 • 263

이대로 살아도 행복할까? • 266

민폐를 끼치는 날엔 • 269

나는 무엇에 침묵하는가 • 273

그래도 나는 내가 좋다 • 276

1장

눈에 보이지도, 손에 잡히지도 않는

마음을 주다

바람은 눈에 보이지도 손에 잡히지도 않지만

그 존재를 의심하는 사람은 없다.

흔들리는 나뭇가지, 흘러가는 구름이 바람을 대신해 증명해 준다.

마음 역시 그렇다.

우리는 눈에 보이지도 손에 잡히지도 않는 마음을 참 잘도 주고받는다.

소박한 선물, 특별한 용건 없는 안부 전화 같은 것들이

'마음'이라는 걸 안다.

아름답고 따뜻했던 추억을 꼽으라면,

마음을 주었던 순간들과 마음을 받았던 순간들.

아련하고 애틋했던 추억을 꼽으라면,

마음을 주지 못했던 순간들과 마음을 거절당했던 순간들.

그 모든 마음이 지금의 나를 만들었다.

마음속에 시계를 하나 더 걸어 둔다는 것

미국에서 살던 시절, 한국에 계신 할머니께 일주일에 두어 번 안부 전화를 드렸었다. 이따금 할머니가 먼저 전화를 걸어오기도 했는데, 그런 전화는 언제나 할머니의 격앙된 목소리로 시작됐다.

"미국에 토네이돈지 뭔지, 바람이 엄청 불어서 지붕들이 날아가던데 집은 괜찮니?"

"미국에 총기 사건이 났다는데 괜찮니?"

"미국에 바이러스가 돈다는데 괜찮니?"

그때마다 나는 할머니를 진정시켜 드리려 더 밝은 목소리로 대답했다.

"할머니, 그건 플로리다에서 생긴 일이야."

"그 사고는 버지니아에서 난 거야. 거긴 내가 사는 곳에서 비행기를 타야 갈 수 있는 곳이야."

"아니, 미국에 그런 일이 있었어? 우리 사는 데는 괜찮아. 할머니, 미국은 진짜 넓다니깐."

나도 미처 몰랐던 미국의 소식을 할머니께 듣는 일도 많았다. 할머니에겐 내가 미국이고 미국이 나였다. 미국에 무슨 일이 생기면 나에게 무슨 일이 생긴 것 같아 수화기를 드셨다.

누가 그걸 무식이라고 말할까. 난 그런 할머니의 전화가 좋았다.

게다가 전화 거는 시간은 또 얼마나 잘 맞추셨던지, 자는 시간과 학교 가는 시간은 기가 막히게 피해서 전화를 하셨다. 나중에 보니 할머니 방에는 한국과 미국 시간이 나란히 적힌 큰 도화지가 있었다.

이젠 한국에 있는 나에게 미국에 있는 엄마 아빠가 전화를 하신다.

"한국 엄청 춥다던데, 옷 잘 챙겨 입고 밥 잘 챙겨 먹고 다녀."

"아직 출근 전이지? 잠깐 전화해 봤다."

한국의 온도를 매일 확인하고, 나의 스케줄을 기억해 준다. 미국 날

씨가 아무리 창창해도 한국 날씨가 궂으면 마음이 마냥 편하진 않은
가 보다.

　사랑을 하면 마음속에 새로운 시계가 생긴다. 내 일상의 시계 옆에
사랑하는 사람의 시계를 걸어 두고, 그 낯선 시간과 세계를 품는다.
챙겨 봐야 할 뉴스 채널이 추가되고, 기도가 길어져도 이 모든 것들이
짐으로 여겨지지 않는다.

　째깍째깍… 마음속 여러 시계들이 돌아간다. 내가 사랑하는 사람
들이 사는 소리다. 나는 그 소리에 귀를 기울이며 우리의 모든 세계
가 안녕하길 바란다. 나는 이렇게 시공간을 초월해 함께 살고 싶다.
째깍째깍 사랑하고 싶다.

사랑을 하면 마음속에 새로운 시계가 생긴다.
일상의 시계 옆에 사랑하는 사람의 시계를 걸어 두고,
그 낯선 시간과 세계를 품는다.

째깍째깍… 마음속 여러 시계들이 돌아간다.
사랑하는 사람들이 사는 소리다.

나는 늘 무난한 선물을 산다

누군가를 위해 선물을 고를 때마다 아득해진다. 알고 지낸 지 몇 년인데… 난 그 사람에 대해 아는 게 정말 없구나…. 뭘 좋아하는지, 뭘 싫어하는지, 뭘 갖고 싶어 하는지, 뭘 필요로 할지 전혀 감이 안 온다.

그러다 결국 뻔하고 지루한 선물을 하게 된다. 크게 좋아하지도 크게 싫어하지도 않을 것 같은 무난한 선물. 그런 식상한 걸 고르는 데에도 상당한 시간을 쓴다는 점이 좀 웃기긴 하지만 말이다.

평소에 꾸준히 관심을 가졌어야 했는데, 기념일을 코앞에 두고 몰아치듯이 그 사람의 취향과 필요를 기억해 내려고 하니 힘들 수밖에 없다. 사랑은 벼락치기가 되지 않는다.

난 나의 지식에 대한 무지보다 인간에 대한 무지가 더 부끄럽다. 내 가족, 내 친구. 난 그들을 도통 모르겠다. 어디서부터 알아 가야 할지, 내가 이미 알고 있는 것 중에 어떤 게 맞고 어떤 게 틀린 건지도 헷갈린다.

내가 앞으로 할 수 있는 건 간단하다. 하루하루 내가 내어 줄 수 있는 만큼 마음을 주는 것. 주기로 한 마음은 전부 줘 버리는 것이다. 진심으로 봐 주고 들어 주는 것이다.

그렇게 살다 보면 차츰 보이고, 들리지 않을까. 그들이 좋아하는 게 무엇인지, 필요한 게 무엇인지.

서서히 그러나 꾸준히, 내 안에 사람에 대한 앎이 쌓여 가면 좋겠다.

평소에 꾸준히 관심을 가졌어야 했는데,
기념일을 코앞에 두고 몰아치듯이
그 사람의 취향과 필요를 기억해 내려고 하니 힘들 수밖에 없다.
사랑은 벼락치기가 되지 않는다.

다 잘되라고 해 주는 소리

고등학교 2학년 때 치아 교정을 막 시작했을 무렵, 단단한 음식을 씹을 수가 없어서 웬만한 건 잘게 잘라 먹거나 갈아 마셨다. 과일 스무디와 요거트만 주식으로 먹다 보니 자연스레 살이 빠지고 기력도 떨어졌다.

그러던 어느 날 목욕탕에 가게 됐다. 온탕에서 한참 몸을 불리고 나오는 도중 머리가 띵하더니만 그대로 목욕탕 바닥에 픽 쓰러져 버렸다.

얼마나 그렇게 있었는지는 모르겠지만, 눈을 뜨고 보니 대여섯 명의 아주머니가 나를 둘러싸고 앉으셔서는 "학생! 정신 차려! 괜찮아?"

하며 연신 외치고 있었다.

'발가벗고 이게 무슨 망신이야.'

후다닥 일어나서 도망치듯 집으로 왔다.

다음 날 일어나 보니 왼팔에 크고 작은 멍들이 보였다. 이상한 일이었다. 목욕탕에서 분명히 오른쪽으로 넘어졌는데, 오른팔은 멀쩡하고 왜 왼팔이 멍투성이지?

그때 문득 아주머니들이 생각났다. 쓰러진 나를 깨우고자 흔들고 때리는 도중에 의도치 않게 내 왼팔을 세게 치신 것 같았다. 어린애가 갑자기 기절했으니 모두 식겁해서, 위기의 순간에 발휘된 막강 파워로 나를 사정없이 깨워 주신 거다.

날이 갈수록 점점 더 진해지던 멍들을 보면서 그 아주머니들에게 고맙기도 하고 짜증이 나기도 했다.

'에이… 조금만 살살 때려 주시지….'

나를 살리려고 누군가가 한 말이나 행동이 작은 상처를 남길 때가 있다.

충격 요법으로 정신을 번쩍 들게 해 주는 인생 선배들, 정확한 수치와 통계까지 언급하며 현실을 직시하게 해 주는 친구들. 그들의 말 한 마디 한마디, 모두 날 위해 해 주는 말인 걸 알면서도 뒤돌아 가는 길에 마음 한구석이 살짝 아리다.

그럴 땐 그들의 말이 아니라 마음만 받으려고 노력한다. 목욕탕 아주머니들이 남긴 왼팔의 멍처럼, 날 깨우려 최선을 다한 흔적이라고….

심폐소생술을 하다가 보면 때때로 환자의 갈비뼈가 부러질 수도 있다고 한다. 심폐소생술로 내 생명을 구해 준 사람에게 부러진 갈비뼈를 치료해 내라고 할 수는 없는 노릇이다.

나 잘되라고 해 주는 따끔한 쓴소리, 그 말에 담긴 마음만 받자.

모두 날 위해 해 주는 말인 걸 알면서도
뒤돌아 가는 길에 마음 한구석이 살짝 아리다.

그 말에 담긴 마음만 받자.

네 삶에 끼워 줘서 고마워

.

점심엔 내 생에 첫 번째 친구인 혜인이를 만났다.

남에게 먼저 말도 걸지 못하고 선생님께 화장실 가고 싶다는 말도 못해서 오줌을 지리던 슈퍼울트라 소심쟁이 유치원생 정아에게 초등학교 입학은 두려움 그 자체였다. 돌마 초등학교 1학년 6반 29번. 소속은 생겼는데 소속감은 없었다. 혜인이를 만나기 전까진.

혼자 등교를 하고 있는데 내 옆으로 불쑥 양 갈래 머리를 한 여자애가 나타났다.

"너 1학년 6반이지? 나는 천혜인이야. 우리 친구 하자!"

그렇게 나에게도 친구가 생겼다.

바로 아파트 옆 동에 혜인이가 산 덕분에 매일 함께 등하교를 하고, 방과 후엔 놀이터와 개천을 휘젓고 다녔다. 시도 때도 없이 혜인이네에서 놀았다. 밝고 명랑한 혜인이 옆에서 나도 덩달아 웃음이 많아졌고 급기야 말괄량이 장난꾸러기가 됐다.

혜인이 방에 있는 가구를 다 빼 내고 방바닥에 물을 붓고는 샴푸를 뿌려 실내 버블 스케이팅을 즐겼고, 감자튀김을 해 먹겠다고 꼬마 요리사 흉내를 내다가 전자레인지를 터트렸다. 동네에 방치된 방범 초소에 우리만의 아지트를 만들다가 경비 아저씨한테 쫓겨나기도 하고, 친구들에게 장난 전화를 걸어 가수 흉내를 내기도 했다.

방학 땐 매일같이 인라인스케이트를 타고, 슬러시와 떡꼬치를 먹고, 만화를 보며 신나게 놀다가 개학 전날엔 머리를 맞대고 밀린 일기의 알리바이를 맞췄다. 가끔은 절교도 했는데, 결국엔 화해하고 땅따먹기를 하거나 놀이터로 달려 나갔다.

새삼 나의 첫 친구가 혜인이라 다행이다. 친구 관계의 시작이 혜인이라는 예쁘고 튼튼한 단추로 잘 채워져서 감사하다. 다정하고 구김살 없고 똘똘한 혜인이로 인해 나의 유년 시절이 행복했다. 즐겁고 따뜻한 추억들로 가득했다.

앞으로도 혜인이와의 우정이 기대된다. 바쁘게 바뀌는 삶 가운데 한결같은 사람 하나 곁에 있다는 게 얼마나 좋은 일인가.

쌀국수를 앞에 놓고 식기도를 하는데 혜인이가 한마디 했다.

"그 기도에 나도 끼워 주라."

밤에 기도하는 중에 그 말이 다시 생각났다.

"그래. 혜인아. 네 삶에 나를 끼워 주고 함께해 준 것처럼 나도 널 내 삶에, 기도에 잊지 않고 넣을게. 고맙다."

"네 삶에 나를 끼워 주고 함께해 준 것처럼

나도 널 내 삶에 잊지 않고 넣을게."

사랑을 잘 받는 연습

누가 밥 사 준다고 하면 고맙고 설렌다. 근데 막상 밥 사 주는 상대와 마주 보고 앉아서 뭘 먹을지 고를 땐, 메뉴가 아니라 가격만 뚫어져라 보게 된다.

그 사람이 대단히 돈이 많고 마음도 넉넉한 사람이라면 눈치 보지 않아도 되겠지만, 상대의 주머니 두께와 마음의 깊이가 항상 정비례한다는 보장은 없기에 메뉴 선정이 어렵다.

또 그 사람이 부자이고 인심이 후하더라도 나와 친하지 않으면 아무 메뉴나 고를 수가 없다.

'우리 관계가 해물짬뽕 정도는 충분히 되는데, 탕수육 추가까지는

좀 아니지 않나?'

'트러플 리소토를 먹어 보고 싶지만, 가격이 너무 센데?'

'치즈 크러스트가 맛있긴 하지만, 그냥 레귤러 도우로 가자.'

중국요리 관련 영화를 찍으며 친해진 한 미술감독님과는 만날 때마다 중식당 맛집을 찾는다. 사촌 언니처럼 날 따뜻하게 대해 주시는 분인데도, 며칠 전 함께 간 식당에서 나는 메뉴판을 정독하며 쭈뼛거리고 있었다.

"가격 보지 말고 골라요."

내 마음을 들킨 것 같아서 민망하면서도 감사했다.

대학에 입학한 교회 동생들을 축하해 주려고 식당에 데리고 갔다. 그런데 이 아이들이 딱 나 같았다.

메뉴판을 보자마자 분명히 눈길이 가는 메뉴가 있었을 텐데도, 가격 때문인지 몇 번이나 뒤적거리며 눈치 게임을 하고 있었다. 그래서 일부러 더 많이 시켜서 실컷 먹였다.

내 지갑 사정 걱정해 주는 동생들이 귀여우면서도 약간 언짢았다.

'내가 이 정도도 못 사 줄 것 같나?'

그때 깨달았다. 천진난만하게 먹고 싶은 걸 고르는 것도 예의라는 걸. 밥 사 주기로 작정하고 나온 사람의 호의를 돈으로 계산하지 않고, 관계의 깊이를 돈으로 환산하지 않고, 메뉴만 보고 고르는 것도 괜찮다는 걸 말이다.

밥을 사 주면 "감사합니다!" 하고 맛있게 먹으면 된다. 사랑을 주면 기쁘게 받으면 된다. 이거 먹어도 되는지, 저것까지 받아도 되는지… 너무 예의 차리지 않는 것도 예의다.

밥을 잘 얻어먹는 게 상대방을 존중하는 것일 수 있고, 사랑을 잘 받아 누리는 게 그 사람을 사랑하는 방법일 수 있다.

'눈치 보지 말고 얻어먹기.'

'눈치 보지 말고 사랑받기.'

잘 받는 연습을 시작해 봐야겠다.

밥을 사 주면 "감사합니다!" 하고 맛있게 먹으면 된다.
사랑을 주면 기쁘게 받으면 된다.

한강 위에서 솔직해지는 사람들

한강 산책을 좋아하는 이유는 시원한 바람과 귓전에 닿자마자 저 멀리 떠나 버리는 차들의 소음, 그리고 투박하고 치기 어린 낙서들 때문이다.

'행복하자, 우리.'

'○○야, 좋아해. 사귀어 줘.'

'다 꺼져.'

'아무것도 보이지 않아도 꼿꼿이 서 있는 나를 사랑하자.'

한강 다리 위에서 사람들은 솔직해진다. 낙서 속 그들은 수줍게 사랑 고백도 하고, 저속한 욕설도 휘갈겨 보고, 자신만만 인생의 포부도 다진다.

오늘밤엔 낙서 속에서 내 이름을 발견했다. 그 정아는 광수라는 남자와 사랑에 빠져 있었다.

그 옆에 자리 잡은 아정과 태윤 커플은 하트를 아주 진하게 칠한 걸로 봐선 서로에게 열정적이었던 것 같았다.

그 아래쪽 낙서엔 여섯 개의 애칭과 함께 '우리 우정 영원히 변치 말자'는 약속이 귀여운 글씨체로 남겨 있었다.

광수와 정아는 여전히 행복한지, 아정과 태윤은 여전히 사랑하는지, 그 여섯 친구들의 우정은 여전히 돈독한지 문득 궁금했다.

커플들은 지금쯤 남보다 못한 사이가 됐을 수도, 아니면 부부의 연을 맺었을 수도 있겠다. 친구들은 각자 삶이 바빠져 멀어졌거나, 아직도 같은 동네에서 우르르 몰려다닐 수도 있을 것이다.

하긴… 뭐, 그게 그렇게 중요한가? 지금은 어떻게 변했든지 간에 그 순간 이 다리 위에서 그들은 다 진심이었을 테니, 그걸로 충분한 건지도 모른다.

한강 다리를 지날 때 문득 생각나는 얼굴 하나, 밤공기를 들이마실

때 불현듯 떠오르는 이름 하나 정도는 청춘이 남겨 준 아름다운 선물로 여기기로 하자.

그날 이후 우리 사이가 어떻게 됐든, 그 시절 함께 나눈 추억은 절대 부끄러워하지 말고 소중히 간직했으면 좋겠다.

그날 이후 우리 사이가 어떻게 됐든,

그 시절 함께 나눈 추억은 부끄러워하지 말고

소중히 간직했으면 좋겠다.

절체절명의 순간에 피할 길

스무 살에 첫 가출을 했다. 독립을 해도 될 나이에, 그것도 고작 일주일 남짓, 부모님도 다 아는 친한 언니네 집으로 가출을 했으니 남이보기엔 싱거운 반항 정도로 보였을 수도 있었겠지만, 나는 절박했다.

그때 돈도 없고 정신도 없던 나는, 엉뚱하게도 샴푸 한 통을 사서무작정 언니의 집 문을 두드렸다.

"언니 내가 머리숱이 많아서 샴푸를 많이 써. 이게 내 방값이야."

유학생인 언니의 집은 작았지만 그녀는 침대의 절반을 나에게 내어 줬다. 마침 한국에서 놀러 와 있던 언니의 절친도 느닷없는 침입자를 기꺼이 받아 줬다. 그리고 그다음 날부터 언니 친구의 여행 일정에 슬쩍 끼어서 이곳저곳 관광 명소를 돌아다녔다.

인상 팍 쓰고 우울하게 고뇌할 작정으로 가출했는데, 몇날 며칠을 LA에서 제일 재밌는 곳만 다니며 실컷 놀고 먹다가 포동포동 살이 오른 채 집으로 돌아갔다. 절망으로 시작한 가출이 흥미진진한 여행이 된 것이다.

누구에게나 '흑역사'가 있다. 사전이 말해 주듯 흑역사란 '없었던 일로 치거나 잊고 싶을 만큼 부끄러운 과거'다. 스무 살 여름의 가출 사건은 얼핏 보기에 나의 흑역사 같지만, 난 그 가출을 흑역사라고 말하지 않는다.

나 같은 쫄보가 수년을 참다가 저지른 일탈을 없었던 일로 치기엔 상당한 의미가 있음은 물론이고, 잊고 싶을 만큼 부끄러웠다고 하기엔 그 기간을 신기하리만치 행복하게 보냈기 때문이다.

《성경》은 사람이 시험 당할 즈음에 하나님께서 피할 길을 주셔서 그 일을 감당할 수 있게 한다고 말한다. 난 그 '피할 길'이 곧 '사람'이라고 생각한다.

가출을 할 정도의 갈등과 고민은 나에게 분명한 시험이었지만, 그 즈음 내 주변에 따뜻하고 정 많은 유학생 언니를 피할 길로 마련해 주

서서 그 상황을 넘어갈 수 있었다. 피할 길이 되어 준 한 사람 덕분에 흑역사가 될 뻔했던 사건이 소중한 추억이 됐다.

그녀 외에도 수많은 피할 길 같은 사람들이 내 인생의 굽이마다 나를 달래 주고, 붙잡아 주고, 들어 주고, 먹여 주고, 같이 울어 줬기에 내가 살았다. 때론 내가 그들의 피할 길이 될 수 있어서 감사했다.

절체절명의 순간에 내가 달려갈 수 있는 사람, 절체절명의 순간에 내게 달려오는 사람을 생각해 본다. 피할 길이 있어 든든하다.

수많은 사람이 내 인생의 굽이마다
나를 달래 주고, 붙잡아 주고, 들어 주고, 먹여 주고,
같이 울어 줬기에 내가 살았다.

평범하고 건강한 사랑을 하고 싶다

영화 〈유열의 음악앨범〉을 봤다. 상처도, 사연도 많은 남자주인공 현우가 불쌍하고 애처로워서 눈물이 났다.

현우의 하나뿐인 희망인 여자주인공 미수가 그의 곁에 언제까지나 머물러 주길, 그래서 둘이서 같이 웃고 밥도 먹고 영화도 보러 다니 길, 제발 평범하게 살기를 바라는 마음으로 지켜봤다.

절절하고 처절하게 사랑하는 영화 속 연인들의 모습은 아름답기까 지 하다. 그러나 현실 세계, 나의 사랑은 절실하지 않았으면 좋겠다.

간절하게 서로를 바라고 기다려야만 하는 가슴 시린 사랑은 하고 싶지 않다. 순탄하고 자연스럽고 꾸준한 사랑을 원한다.

건강한 사람은 밤에 잠들면서 '내일 아침에 깨어날 수 있을까?' 걱정하지 않는다. 건강한 사랑도 마찬가지다. '내일도 이 사람이 내 옆에 있을까?', '우리가 함께 웃을 수 있을까?' 하는 불안한 사랑은 병든 사랑이다.

내일의 만남을 의심하지 않아도 되는 사랑, 기대감을 가득 안고 웃으면서 단잠을 자게 하는 사랑, 생각할수록 마음이 따뜻해지고 넉넉해지는 사랑. 그런 평범한 사랑을 주고 싶다. 그런 건강한 사랑을 받고 싶다.

내일의 만남을 의심하지 않아도 되는 사랑,

기대감을 가득 안고 웃으면서 단잠을 자게 하는 사랑,

생각할수록 마음이 따뜻해지고 넉넉해지는 사랑.

그런 평범한 사랑을 주고 싶다.

그런 건강한 사랑을 받고 싶다.

사랑스럽고 사소한 참견

친한 언니의 신혼집에 놀러 갔다. 당일에 갑작스럽게 정해진 약속이었지만, 말 나온 김에 만나야 할 것 같아 발걸음을 재촉했다. 처음가 보는 동네의 분위기가 낯설었지만, 여기 어딘가에 내 지인이 살고있다고 생각하니 무섭지 않았다.

근처 마트에 들러 키친타월을 사고 그 옆 빵집에서 생크림 케이크를 샀다. 길치에 방향치라 그런지 핸드폰으로 지도를 보고 가는데도길이 알쏭달쏭했다. 결국 부동산에 들어가 길을 물어봤다.

그렇게 도착한 언니의 신혼집은 깨끗하고 넓고 아늑했다. 식탁에나란히 앉아 짜장면, 짬뽕, 탕수육을 먹고, 거실 소파에서 티브이도

시답잖은 것들을 알게 되는 순간, 우리는 서로를 조금 더 챙겨 주게 된다.

서로를 조금 더 자주 생각하게 된다. 별 시답잖은 것들, 그런 것들이 우릴 그렇게 만든다.

잠시 보다가 한바탕 수다를 떨었다.

언니가 어디에서 어떻게 살고 있는지 눈으로 확인하니 왠지 마음이 놓였다.

친구의 집이 어딘지 알게 되거나 친구의 집에 놀러 갔다 오면, 그 친구와는 새로운 차원의 사귐이 시작된다. 친구가 있는 공간이 내 머리에 그려지는 순간, 비록 몸은 떨어져 있더라도 마음속으로 친구와 함께 그 공간을 활보할 수 있게 되기 때문이다.

친구가 전화를 하다가 "나 집 앞 마트에서 우유 사고 있어", "지금 티브이 보고 있어", "방 청소해야 하는데 귀찮아" 하는 식의 시시콜콜한 이야기를 할 때, 친구가 말하는 마트가 어디인지, 친구가 보고 있는 티브이가 어떻게 생겼는지, 친구 방에 가구들이 어떤 식으로 배치되어 있는지 자연스럽게 연상할 수 있게 된다.

그리고 나는 친구에게 우유 사고 나오는 길, 빵집에 들러 고로케도 하나 사라는 식의 참견도 해 볼 수 있을 것이다. 나는 그런 종류의 사랑스럽고 사소한 참견이 허용되는 친구 사이를 좋아한다.

지하철역에서 우리 집까지 오는 길이 어떻게 생겼는지, 내가 덮고 자는 이불의 색깔이 무엇인지, 책상 앞에 무슨 액자가 놓여 있는지,

세탁기 사이즈가 어느 정도인지 아는 친구는 그다지 많지 않다. 그런 걸 몰라도 우리는 충분히 친구로서 행복하게 지낼 수 있다.

그러나 그런 시답잖은 것들을 알게 되는 순간, 우리는 서로에게 조금 더 애틋해지고 부드러워진다. 서로를 조금 더 챙겨 주게 된다. 서로를 조금 더 자주 생각하게 된다. 별 시답잖은 것들, 그런 것들이 우릴 그렇게 만든다.

친구의 집에 놀러 갔다 오면,
그 친구와는 새로운 차원의 사귐이 시작된다.
몸은 떨어져 있더라도 마음속으로 친구와 함께
그 공간을 활보할 수 있게 되기 때문이다.

푸른 새벽을 깨우는 아침형 인간

해외에서 돌아와 시차 적응이 안 된 덕분에 새벽 3시 30분에 아주 맑은 정신으로 기상했다. 부지런한 아침을 보내며 스스로 기특해하고 있었는데, 9시에 급격히 나른해지며 잠이 쏟아지더니 11시에 겨우 깼다. 이참에 아침형 인간이 될 수 있지 않을까 기대했는데 아침형 인간 코스프레만 몇 시간 하고 끝났다.

《아침형 인간》이라는 책이 나온 이후 '아침형 인간' 신드롬이 불었다. 나 역시 아침형 인간이 되어 시간을 알차게 사용해야겠다는 포부를 가지고 새벽 5시에 알람을 맞추고 잔 게 여러 날이다.

매번 실패를 거듭하다가 마침내 아침형 인간이 된 적이 있었는데, 1시간 40분이나 걸리는 회사에 출근하기 위함이었다.

　5시 35분 지하철 첫차, 나 말고도 아주 많은 사람이 새벽 일찍 일어나 생업의 현장으로 간다는 게 위안이 되면서도 꿀꿀했다. 그중엔 타고난 아침형 인간도 있었겠지만, 나처럼 상황에 떠밀려 어쩔 수 없이 아침형 인간이 된 사람이 대부분이었다. 표정만 봐선 출근인지 퇴근인지 구별이 안 될 정도로 피곤에 절어 있었으니 말이다.

　어쩌다가 며칠씩 연달아 첫차에서 마주치는 인연들도 있었다. 각자 다른 곳에서 출발해 다른 곳으로 향하는 타인이었지만, 첫차에 타고 있다는 사실만으로도 동질감과 전우애 같은 것을 느끼곤 했다.

　사람을 구경하는 재미도 쏠쏠했다. 쌩얼로 탄 여자가 우아한 여인이 되어 내리는 모습, 세상모르고 자던 사람이 기가 막히게 목적지에서 눈을 번쩍 뜨곤 안도하던 모습, 핸드폰을 두 손으로 부여잡고 고개를 조아리며 상사에게 열심히 해명하던 직장인의 모습. 모두 사람 사는 모습이었다.

　오늘도 아침이 너무도 피곤한 아침형 인간들이 뚜벅뚜벅 푸른 새벽을 걸어 나온다. 각자의 몫을 다하기 위해, 사랑하는 이의 몫을 감당하기 위해 첫차에 몸을 싣는다.

타의적 아침형 인간 동지로서 응원의 마음을 전한다. 그들의 아침이 안전하길, 그들의 저녁이 보람차길 바라본다.

각자 다른 곳에서 출발해 다른 곳으로 향하는 타인이었지만,
첫차에 타고 있다는 사실만으로도
농질감과 전우애 같은 것을 느끼곤 했다.

덥석 받고 마구 건네야 할 칭찬 바통

드라마 〈동백꽃 필 무렵〉을 재밌게 봤다. 주인공 동백이는 옹산 게장 맛집 거리에서 '까멜리아'라는 술집을 하며 혼자서 아들을 키운다. 동네 남자들은 찝쩍대고 아줌마들은 대놓고 그녀를 무시한다.

어느 날 첫사랑이자 아들의 아빠인 종렬이가 나타나서는 동백이에게 왜 하필 술장사를 하냐며 안타까움 섞인 핀잔을 준다. 그랬더니 동백이는 "네가 바람 넣었잖아. 내 음식이 안주로 딱이라며" 하고는 종렬이를 바라본다.

종렬이는 엉겁결에 흘린 말이 동백이에게 큰 영향을 끼쳤다는 것에 무척 당황한다. "넌 안주를 참 잘 만든다"는 첫사랑의 칭찬 한마디 때문에 하고 많은 장사 중에서 술장사를 시작한 동백이… 칭찬이 이렇게 대단하고 무섭다.

누구나 인생을 바꾼 칭찬 한두 개 정도를 가슴에 품고 사는 것 같다. 내가 글을 쓰고 싶게 된 것도 다 칭찬 때문이다.

초등학교 3학년 방과 후 글짓기 수업을 가르치셨던 기윤민 선생님의 미소가 내 마음에 바람을 넣었다. 내 글을 읽고 뭐라고 칭찬해주셨는지 분명하게 기억나지는 않지만, 그 미소는 한 장의 사진으로 내 머릿속에 저장돼 있다.

그 칭찬 이후 나는 글짓기 숙제를 밤새워 해 가기 시작했고, 글짓기 수업 시간만 기다렸다. 선생님은 늘 칭찬해 주셨고, 어떤 날은 나만 칭찬해 주셨다. 선생님은 한 학기만 가르치고 떠나셨다.

그 후로 더 이상 글짓기 수업을 듣지 않았지만, 그 칭찬의 효과는 실로 엄청나서 중학교에 가서도 글짓기 대회가 있으면 뭐라도 써서 냈다.

그러다 이민을 가게 돼 내 꿈은 멀어지는 것 같았다. 그런데 선생님들이 써 주신 롤링페이퍼에 '정아의 글은 명랑해서 좋아'라는 칭찬 한 줄에 또 바람이 잔뜩 들었다. 그 덕에 글에 대한 막연한 갈망이 태평

양 건너에서도 지속됐다.

내가 꿈을 포기하고 싶거나 잊어 가고 있을 때마다, 계주 선수들이 바통을 넘겨 주듯 주변 사람들이 칭찬 바통을 이따금씩 나에게 전달해 줬다.

칭찬 바통을 잡는 순간, 나도 모르게 다시 달리게 됐다. 힘과 용기가 내면에서부터 솟아나 '어쩌면 더 달릴 수 있을지도 몰라. 어쩌면 넌 할 수 있을지도 몰라' 하고 속삭였다.

동백이가 두루치기를 안주로 팔고 내가 글을 쓰고 당신이 뭔가를 소원하고 있는 건, 그런 칭찬 조각들 때문이거나 덕분일지 모른다. 함부로 던진 돌에 개구리는 죽지만, 무심코 내뱉은 칭찬에 누군가는 필히 살아난다.

나를 한없이 행복하게 했던 칭찬을 잘 간직하자. 어떤 이가 칭찬의 바통을 내밀 때 덥석 받아 보자. 기회가 될 때마다 마음을 다해 칭찬을 뿌려 보자. 누군가는 필히 살아난다.

내가 꿈을 포기하고 싶거나 잊어 가고 있을 때마다,

계주 선수들이 바통을 넘겨 주듯

주변 사람들이 칭찬 바통을 나에게 전달해 줬다.

칭찬 바통을 잡는 순간, 나도 모르게 다시 달리게 됐다.

'어떤 사람'과의 소중한 만남

카페에 앉아 한창 작업을 하는데 내 왼편 테이블에 앉아 있던 남자가 일어나서는 내 오른편 테이블 커플에게 성큼성큼 다가갔다. 그리곤 정중하게 "맥북 충전기가 있으면 빌려줄 수 있느냐"고 물었다.

맥북을 쓰고 있던 커플남이 흔쾌히 빌려주겠다고 대답하곤 밖으로 나갔다. 그리고 자기 차에 있던 충전기를 꺼내 와 왼편 테이블남에게 건넸다. 별생각 없이 두 사람을 지켜보던 내 마음까지 푸근하고 뿌듯해졌다.

살다 보면 생전 처음 본 사람에게 크고 작은 도움을 받기도 하고 주기도 한다. 낯선 곳에서 아무나 붙잡고 길을 물어보기도 하고, 사진을 찍어 달라고 부탁하기도 하고, 가방이 열렸다고 알려 주기도 하고, 지하철이나 버스에서 자리를 양보해 주기도 한다.

아마 처음이자 마지막일… 아니, 다시 만난다 해도 이미 서로를 잊어버려 초면이라고 착각하고 말, 그런 스치는 인연들을 생각해 본다.

"길을 잃어버려서 약속에 늦을 뻔했는데 어떤 사람이 길을 잘 알려 줘서 제시간에 도착했어."

"지갑을 떨어뜨렸는데 어떤 사람이 주워 줘서 천만다행이었어."

이름도, 성도, 얼굴도 없이 그저 '어떤 사람'으로 우리의 기억에 존재하는 수많은 사람, 참 소중한 인연이다. 물론 불쾌한 기억을 안겨 주는 '어떤 사람'도 있긴 하지만 말이다.

그날 저녁 잠시 상상해 봤다. 충전기를 빌렸던 남자가 친구랑 통화하며 "야, 내가 오늘 랩탑 배터리가 떨어져서 과제를 못 낼 뻔했는데, 어떤 사람이 충전기를 빌려줘서 겨우 냈어"라며 낮에 만난 '어떤 사람'의 이야기를 했을 것만 같았다.

난 오늘 누군가에게 '어떤 사람'이었을까. 도움을 준 '어떤 사람'이

었을까, 피해를 준 '어떤 사람'이었을까. 되도록이면 귀인으로 기억
되는 '어떤 사람'이고 싶다.

난 오늘 누군가에게 '어떤 사람'이었을까.

도움을 준 '어떤 사람'이었을까,

피해를 준 '어떤 사람'이었을까.

네 행복이 곧 내 행복이 된다

"모든 인간의 행복은 모든 다른 사람들의 행복에 달려 있다."

-베르톨트 브레히트

요즘 부쩍 결혼에 대한 생각을 자주 한다. 결혼…. 결혼은 나에게 아직은 미지의 세계이기에 귀동냥, 눈동냥을 해서라도 알고 싶은 영역이다.

그래서인지 결혼한 친구나 언니를 만날 때면 좀 더 유심히 관찰하고 물어보게 된다. 결혼 생활이 어떠냐는 내 질문의 기저엔 '나 결혼하고 싶은데 좀 무서워. 제발 별거 아니라고, 해 보니 좋다고 말 좀 해 주라' 하는 간절함이 깔려 있다.

나는 기혼자나 결혼을 해 본 적이 있는 사람들은 미혼자의 어수룩하고 순진한 질문에 성심껏 답해 줘야 한다고 생각한다. 결혼식장에서 받은 축하와 축의금과 하객 앞에서 한 서약에 이런 책임도 포함된 것이다.

"결혼하지 마. 최대한 늦게 해" 하는 식의 한탄이 불쑥 나와 버리더라도 "그래도 결혼해서 좋은 점이 있긴 해"라고 한마디라도 덧붙여줬으면 좋겠다.

그런 면에서 나는 대부분의 한국 미디어가 결혼을 다루는 태도를 좋아하지 않는다. 결혼을 발표한 연예인이 나오면 결혼한 진행자나 패널들이 안쓰럽다는 표정으로 보거나 지금이라도 생각을 다시 해 보라는 투로 말한다.

집에 가면 "아빠, 엄마" 하며 달려오는 아이들을 안아 주고 자기도 모르게 껄껄 웃기도 할 텐데, 식탁에 둘러앉아 밥 먹고 이런저런 이야기를 나누기도 할 텐데… 그런 작은 행복들은 걸러 내고 힘들고 초라한 부분만 구체적으로 말한다.

결혼이 잘못된 게 아니라 우리 모두가 부족하고 연약한 인간이라 함께 사는 것이 힘든 게 당연한 거라고… 그래도 내 배우자, 내 자녀, 내 양가 부모들이 나를 도와주고 견뎌 줘서 이렇게 잘 살고 있다는 그런 말은 잘 안 한다.

"제발 잘 살아 줘. 나의 소망이 돼 줘."

결혼한 지인들이 잘 살았으면 좋겠다. 난 이기적이다. 내 행복을 위해서 내 주변 사람들이 행복했으면 좋겠다.

난 이런 이기심을 고수할 거다. 이 이기심이 주는 힘으로 내 주변 사람들을 응원할 거다. 그들도 이런 이기심을 가지고 날 대해 줬으면 좋겠다.

"네 행복이 내 행복이야. 제발 잘 살아 줘."

이기적으로 그리고 필사적으로 나의 행복을 바라 줬으면 좋겠다.

결혼한 지인들이 잘 살았으면 좋겠다. 난 이기적이다.
내 행복을 위해서 내 주변 사람들이 행복했으면 좋겠다.
난 이런 이기심을 고수할 거다.

그들도 이런 이기심을 가지고 날 대해 줬으면 좋겠다.

"네 행복이 내 행복이야. 제발 잘 살아 줘."

첫 마음을 만나다

집 근처 작은 샌드위치 가게를 처음 방문했다. 개업한 지 얼마 되지 않은 듯 가게 한쪽엔 개업 축하 화분이 옹기종기 놓여 있고, 테이블과 의자도 새것처럼 반질거렸다.

여자 두 분이 일하고 계셨는데 자매 사이 혹은 친한 언니 동생인 듯 다정한 분위기가 흘렀다.

단호박 샌드위치를 주문하고 기다리는데 언니로 보이는 사장님이 내 앞에 샌드위치를 놓으며 "늦어져서 죄송합니다. 맛있게 드세요"라고 했다.

난 음식이 늦게 나왔다고 전혀 생각하지 않았지만, 그분이 나에게 진심으로 미안한 표정을 짓는 바람에 나도 모르게 "괜찮습니다" 하고 얼버무렸다.

이상하게도 난 그 순간이 신선하고 좋았다. 무언가를 잘하고 싶어 하는 사람의 조심성과 진정성이 느껴졌기 때문이다.

성인이라면 이 감정이 뭔지 다 알 것이다. 첫 면접, 첫 출근, 첫 데 이트…. 작은 실수나 머뭇거림에도 지나치게 난처하고 민망해져서는 "아이쿠, 미안합니다. 죄송합니다" 사과를 남발하던, 그런 첫 마음 말 이다.

샌드위치를 보다 신속하게 준비하지 못해 아쉬워하던 사장님의 소 심한 마음이 귀하게 느껴졌다.

손님들에게 눈치를 주고 홀대하는 안하무인 업주도 많은데, 이 샌 드위치 가게 사장님은 내가 오랜만에 만난 '손님에게 잘 보이고 싶어 하는 바람직한 업주'였다.

단호박 샌드위치는 5천5백 원이란 가격치곤 아주 만족스러운 비주 얼과 맛이었다. 다음엔 햄앤치즈 샌드위치를 먹어 봐야겠다. 이런 맛 과 가격을 유지한다면 조만간 맛집으로 소문날 것 같다.

아침부터 손님들이 줄을 서서 먹는 유명 맛집이 되더라도, 사장님께서 나에게 음식과 함께 전해 주셨던 '아이쿠, 죄송합니다' 하는 그 조심스러운 첫 마음을 잃지 말았으면 좋겠다.

첫 면접, 첫 출근, 첫 데이트….

작은 실수나 머뭇거림에도 난처하고 민망해져서는

"아이쿠, 미안합니다. 죄송합니다"

사과를 남발하던, 그런 첫 마음 말이다.

서로 한턱내며 사는 삶

오랜만에 만난 지인과 많은 이야기를 나눴다. 짧게 안부나 묻고 각자 조용히 일을 하려고 카페에서 만났는데, 몇 시간 동안 인생 이야기만 하다가 헤어졌다.

하루하루를 감격스럽게 살고 있는 그녀는 지쳐 있는 나를 마음껏 격려해 줬고, 난 한마디의 응원이라도 놓치지 않으려고 귀를 쫑긋 세웠다. 그런데 우리가 무슨 이야기를 했더라? 그녀가 한 말은 이미 까먹어 버렸다.

하지만 신기하게도 그녀의 표정은 또렷하게 기억이 난다. '행복하다'는 백 마디 말보다 행복이 묻어나는 순간의 표정이 더 진하고 강렬하게 남는가 보다. 넘치는 행복을 눈빛과 미소에 담아 나에게 나눠 준 그녀에게 고맙다.

밥 쏘고 커피 쏘는 친구도 좋지만, "너 꿀꿀하구나. 그럼 오늘의 즐거움은 내가 쏜다!" 하며 분위기 골든벨을 울려 주는 친구도 좋다.

돈이 없을 땐 밥을 얻어먹고, 힘이 없을 땐 기운을 얻어먹는다. 있는 사람이 없는 사람에게 주면 된다.

오늘은 니의 기쁜 일로 네가 한턱내고, 내일은 나의 기쁜 일로 내가 한턱내다 보면 우린 매일 잔치 속에서 살게 되겠지. 서로 한턱내며 사는 삶, 그거 참 신나겠다.

돈이 없을 땐 밥을 얻어먹고,
힘이 없을 땐 기운을 얻어먹는다.
있는 사람이 없는 사람에게 주면 된다.

서로 한턱내며 사는 삶, 그거 참 신나겠다.

"제 이름을 불러 주세요"

어떤 모임이든 신입생이 들어오면 으레 자기소개 시간을 갖는다. 쭈뼛거리며 목소리를 가다듬는 새내기들의 모습을 볼 때 나도 같이 긴장하기도 하고, 쑥스러워 하는 표정이 마냥 귀여워서 냅다 박수부터 쳐 주기도 한다.

아마도 몇 년 전, 어느 대학생 환영회였던 것 같다. "불리고 싶은 닉네임이 있나요?"라는 사회자의 질문에 한 신입생이 "저는 그냥 제 이름을 불러 주셨으면 좋겠어요"라고 대답했고, 담백한 그 한마디가 인상적이었다.

그 친구가 진짜 하려던 말은 "제 이름을 '다정하게' 불러 주세요"였을 것이다.

평범하거나 촌스러운 이름일지라도 따뜻하고 정겹게 부르면 애칭이 된다.

누군가의 이름을 부르는 목소리엔 자연스레 그를 향한 마음이 녹아들기에, 내 이름을 부르는 상대의 목소리만으로도 나는 그의 마음을 알 수 있다.

그래서 김춘수의 시 〈꽃〉이 말하듯, "내가 그의 이름을 불러 주었을 때, 그는 나에게로 와서 꽃이 되고" 서영은의 〈내 안의 그대〉 노랫말처럼, "그대가 내 이름을 부를 때, 나는 내가 나인 게 너무 행복"하다.

강아지도 주인이 자기를 혼내려고 부르는지 밥 주려고 부르는지 단번에 눈치를 채는데 사람은 오죽할까.

이름에 대한 생각을 하다가 '앞으론 친구든 후배든 '야!'라고 부르진 말자'는 나만의 규칙을 만들었다. '야'라는 호칭도 억양에 따라 얼마든지 애교 섞인 부름이 될 수 있지만, '야'에 물결표가 아닌 느낌표가 붙은 순간 "야! 너!" 부정적인 감정이 드러나는 것 같기 때문이다.

알아 가고 싶은 사람, 혹은 계속 친하게 지내고 싶은 사람에겐 일부러 호칭 앞에 그의 이름을 붙여 말해 보기 시작했다. 신기하게도 '언니'라고 부를 때보다 '♡♡ 언니'라고 부르고 나면, 왠지 그 언니와 사이가 더 좋아지는 것 같았다.

애정을 담아 이름을 부를 때, 그는 나에게 와 꽃이 될 뿐만 아니라 자신의 존재에 행복을 느끼게 된다. 오늘 누군가가 나의 이름을 아름답게 불러 줬으면… 내가 다정하게 부른 당신의 이름이 당신을 행복하게 만들어 줬으면….

내 이름을 부르는 상대의 목소리만으로도
나는 그의 마음을 알 수 있다.

애정을 담아 이름을 부를 때,
그는 나에게 와 꽃이 될 뿐만 아니라
자신의 존재에 행복을 느끼게 된다.

말하지 않아도 아는 사이

고모의 환갑을 함께 보내고 돌아왔다. 내가 할 수 있는 것보다 조금 더 하고 싶다는 마음이 들었다.

선물도 내가 할 수 있는 것보다 조금 더 비싼 걸로 하고, 내가 있을 수 있는 시간보다 조금 더 길게 머물다 왔다. 그런 물질이나 시간이 고모에게 사랑받는 느낌을 줄 수 있다면, 돈을 펑펑 쓰고 시간을 마구 낭비하고 싶었다.

내가 첫 조카라는 이유로 고모는 나에게 사랑을 듬뿍 줬던 것 같다. 마음뿐만 아니라 뭐든 최고, 최고급으로 주려고 했다. 고모가 사

준 명품 브랜드 옷들을 입고 다녔던 초등학교 시절이 생생하다.

또 삶에 중요한 시기마다 고모의 한마디가 나에게 생각의 전환을 가져다주기도 했다. 할머니랑 떨어지기 싫어서 미국에 안 가려고 생떼를 부리는 나를 설득시킨 것도 고모였고, 가족에 대한 솔직한 내 생각을 가감 없이 말할 수 있는 사람도 고모다.

우리 사이엔 말하지 않아도 아는 것들이 있기 때문이다.

고모를 생각하면, 마음이 포근하면서도 시리다. 분명 고모도 나를 생각하면 그럴 것이다. 내가 고모 집에 갈 때 자꾸 뭘 사 가고 싶은 것처럼, 고모도 내가 집으로 돌아갈 때 자꾸 뭘 싸 주려고 한다.

나는 오늘 진심으로 최선을 다해 고모의 환갑을 함께 기뻐하고 축하했다. 그런데도 시린 마음은 왜 여전한 걸까. 가족은 서로의 역사를 안다. 세세한 마음은 몰라도 굵직한 흐름은 안다. 그래서 안쓰럽고 짠하다.

"고모, 인생은 60부터래."

편지에 이렇게 적었다. 고모의 마음이 계속 튼튼해지고 단단해져 지난 세월 속에서 누리지 못한 행복들을 이제는 쟁취하며 살았으면 좋겠다.

우리 사이엔 말하지 않아도 아는 것들이 있기 때문이다.
가족은 서로의 역사를 안다.
세세한 마음은 몰라도 굵직한 흐름은 안다.
그래서 안쓰럽고 짠하다.

"고모, 인생은 60부터래."

고모의 마음이 계속 튼튼해지고 단단해져

지난 세월 속에서 누리지 못한 행복들을

쟁취하며 살았으면 좋겠다.

그대, 나의 비상 연락망

안압이 올라 며칠 동안 안과에 다녔다. 안과에 갈 때마다 느끼는 점은 눈이 아픈 사람에겐 보호자가 꼭 필요하다는 것이다.

어제는 혼자 수술을 받으러 온 할머니 한 분을 뵀다. 서류를 읽지 못하시는 할머니를 위해 직원이 수술 절차를 큰 소리로 설명해 드렸지만, 끝내 잘 알아듣지 못하셨다. 가족이랑 같이 오라고 했는데, 왜 혼자 오셨냐는 질문에 할머니는 아들이 바쁘다고만 하셨다.

오늘은 그 할머니를, 진료를 다 받고 집에 돌아가는 길에 마주쳤다. 주변을 계속 두리번거리셔서 도와드릴 게 있냐고 여쭤봤더니 지하철역이 어디냐고 물으셨다.

길을 알려 드리고도 마음이 개운치 않았다. '집에 잘 가셨겠지. 아들이 주말에도 일을 하는가 보네. 안약을 언제 넣어야 하는지 잘 이해하셨을까. 넣는 순서도 중요한데…' 하는 생각이 계속 들었다.

앞이 잘 보이지 않는 사람에겐 보호자가 필요하다. 병원에 같이 가 주고 약을 챙겨 주고 잠들기 전까지 말동무가 돼 주는 사람 말이다.

그런데 육체적인 눈이 보이지 않는 사람뿐만 아니라 곤란한 상황 가운데 앞날이 보이지 않는 사람에게도 보호자가 필요하다. 혼자 내버려 두지 않고, 같이 밥을 먹고 같이 이야기를 나눠 주는 사람… 외롭고 무서운 마음으로부터 보호해 주는 보호자가 필요하다.

아무리 멀쩡해 보이는 사람이라도 보호자가 필요한 날이 반드시 온다. 우리에겐 육체나 마음이 마구 휘청거리는 그런 날이 불쑥불쑥 찾아오니까.

나에게 보호자가 돼 줬던 많은 사람이 떠오른다. 그들 덕분에 내가 오늘까지 살아 있다.

우린 연약하다. 그런 우리가 이 위험한 세상을 별 대책 없이 살아가고 있다. 눈도 잘 안 보이고 길도 잘 찾지 못하는데 하루하루를 어떻게든 살아 내야만 한다. 우린 보호자가 필요하다.

난 보호자가 필요한 사람인 동시에 당신을 보호해야 하는 보호자이기도 하다. 당신 역시 나에게 그렇다.

우리의 인생 비상 연락망에 적을 수 있는 이름이 넉넉했으면 좋겠다. 서로에게 기꺼이 보호자가 돼 주면 좋겠다.

난 보호자가 필요한 사람인 동시에
당신을 보호해야 하는 보호자이기도 하다.
당신 역시 나에게 그렇다.

편지 한 통에 보내는 따뜻한 악수

고지서만 찾아오는 우리 집 우편함에 손 편지 한 통이 왔다. 얇은 편지를 받은 것뿐인데 마음이 더없이 따뜻해졌다.

내용도 별거 없었다. 카톡으로 해도 되고, 어쩌다 까먹으면 안 해도 되는 이야기였다. 그래도 나의 하루를 좋은 날로 만들어 주기에 충분했다.

저 멀리 미국에서부터 물에 젖지도 않고 찢기지도 않고 밟히지도 않은 채 용케도 나에게 와 준 편지가 기특했다. 편지 한 통이 목적지에 무사히 도착한다는 게 새삼 신기하고 감격스러운 일 같았다.

손에서 손으로 전해지는 편지, 그래서 편지를 주고받는 행위는 악수와 비슷하다.

편지를 현미경이나 특수한 기구로 비춰 보면 봉투에 찍힌 수많은 지문이 보일 것이다. 제일 먼저 편지를 쓴 내 친구의 지문, 그다음으론 편지의 여정을 도와준 사람들의 지문, 마지막으로 나의 지문까지 겹치고 얽혀 악수를 주고받는다.

봉투를 열어 편지지의 글을 읽는 순간엔 오롯이 내 친구의 지문과 나의 지문이 만나 서로를 기뻐한다. 앞으로 나는 그 친구가 보고 싶을 때마다 편지를 꺼내 읽으며 악수를 나누게 될 것이다.

손끝이 차가워지는 이 계절, 편지 한 통에 악수를 담아 보내 봐야겠다.

손에서 손으로 전해지는 편지,
편지를 주고받는 행위는 악수와 비슷하다.

제일 먼저 편지를 쓴 내 친구의 지문,
편지의 여정을 도와준 사람들의 지문,
나의 지문까지 겹치고 얽혀 악수를 주고받는다.

봉투를 열어 편지지의 글을 읽는 순간엔

오롯이 내 친구의 지문과 나의 지문이 만나

서로를 기뻐한다.

늘 붙어 다니는 감동과 감사

프러포즈를 받았다고 말하니 친구들이 난리가 났다. '꺄악!' 소리를 지르면서 어떻게 프러포즈를 받았는지, 기분은 어땠는지, 언제 결혼식을 할 건지 등등 질문이 끊임없이 쏟아졌다.

며칠 뒤 같은 친구들과 다시 만났는데, 그중 한 친구가 나에게 꽃다발을 안겨 줬다.

"프러포즈 받은 거 축하해."

가장 싱싱하고 예쁜 꽃들만 골라서 정성스럽게 만든 꽃다발, 그리고 꽃보다 더 아름답게 웃는 그 친구를 보자 마음이 찡했다. 친구에게 이런 깜짝 선물을 받다니….

프러포즈를 받았을 때만큼이나 감동했다. 나의 행복을 진심으로 바라고 기뻐해 주는 친구가 있다는 게 감사했다.

감동과 감사. 이 둘은 항상 함께 다닌다. 그리고 이 둘이 머문 곳에서 좋은 일이 시작된다.

'내가 뭐라고 이렇게 잘해 주지?' 하는 민망함 섞인 감동은 감사의 싹을 틔우고 점점 자라나, '나도 친구의 행복을 진심으로 기뻐해 주는 넉넉한 사람이 되어야지. 감동을 주는 사람이 되어야지' 하는 착한 다짐으로 열매 맺는다.

그렇게 감동은 감사로, 그리고 감사는 다시 감동으로 연결된다.

나에게 이렇게까지 마음을 써 주시다니 감동입니다.
당신처럼 좋은 인연이 제 곁에 있어서 감사합니다.

당신에게 제 마음을 주고 싶습니다.
당신에게 감사의 이유가 되고 싶습니다.

당신의 착한 마음이 나에게 와서 착한 다짐이 됩니다.
우리는 이렇게 더 따뜻해지고 더 부드러워지고 더 행복해집니다.

감동과 감사. 이 둘은 항상 함께 다닌다.

그리고 이 둘이 머문 곳에서 좋은 일이 시작된다.

맛있는 음식을 먹을 때 생각나는 사람

'라클렛'이 뭔지 아는 사람? 2019년 9월 8일 저녁에 처음으로 듣게 된 생소한 단어, 라클렛. 고급 쥬얼리 브랜드 이름 같다고 느꼈는데 요리 이름이었다.

라클렛(Raclette)은 '삶은 감자에 라클렛 치즈를 녹여 피클과 함께 먹는 스위스 전통 요리'라고 한다.

스위스에 다녀온 수연 언니가 우리에게 라클렛을 맛보여 주려고 치즈를 공수해 왔다. 언니 집에 모여서 감자를 삶고 치즈를 녹여 그 이름도 우아한 라클렛을 먹어 봤다. 고소하고 부드럽고 맛있었다.

'나는 맛있는 음식 앞에서 누굴 생각하지?'
'맛있는 음식을 먹으면서 내 생각을 하는 사람은 몇이나 될까?'

언니는 스위스에서 먹은 게 더 짭조름하고 맛있었다며 아쉬워했지만, 나에게 맛 따위는 아무 상관이 없었다.

언니가 그 먼 곳에서 맛있는 음식을 먹으며 우리를 떠올렸다는 것, 우리랑 먹기 위해 치즈 한 덩이를 사 왔다는 것 자체가 뭉클했다.

앞으로 스위스든 어디에서든 최고급 치즈로 만든 라클렛을 먹게 되더라도, 이날 언니들과 함께 만들어 먹은 라클렛을 최고로 기억할 거다.

'나는 맛있는 음식 앞에서 누굴 생각하지?'

'맛있는 음식을 먹으면서 내 생각을 하는 사람은 몇이나 될까?'

맛있는 음식을 먹을 때 생각나는 사람들과 맛있는 음식을 먹으며 날 생각해 주는 사람들의 목록이 일치하면 참 행복할 것 같다. 뭘 먹을 때마다 우리가 서로를 생각할 만큼 각별한 사이라면 좋겠다.

하루에 세 번 이상은 꼭 생각나는 얼굴들이 유독 그리운 밤이다.

맛있는 음식을 먹을 때 생각나는 사람들과
맛있는 음식을 먹으며 날 생각해 주는 사람들의 목록이

일치하면 참 행복할 것 같다.

뭘 먹을 때마다 우리가 서로를 생각할 만큼

각별한 사이라면 좋겠다.

고마운 실수

내가 사랑하는 사람들이 한자리에 모여 함께 밥을 먹고 눈을 마주하고 대화하며 웃었다.

많은 이야기 중에서 제일 웃겼던 건 아빠의 가구 조립 에피소드. 가구를 조립하는 게 귀찮았던 아빠는 매장 직원에게 진열된 책상을 팔라고 했지만 거절당했고, 이후 직접 조립하는 데 성공했지만 볼트가 너무 많이 남아서 당황스러웠다는 이야기였다.

그다음으로 좌충우돌 운전면허 취득기가 재밌었다. 아빠는 당연히 한 번에 붙을 줄 알고 자신만만했는데, 함께 시험 본 사람 중에 아빠만 톡 떨어져서 쪽팔렸다고 했다.

그제야 실기 시험에서 두 번 떨어지고 필기 재시험까지 보고서 세 번째에 겨우 붙었던 내 이야기를 털어놓을 수 있었다. 그 기간 동안 가족들에게 티는 내지 않았지만 엄청 의기소침했었다고 말이다.

내가 좋아한 이야기들엔 공통점이 있다. 바로 '실패담', '실수담'이라는 것이다. 성공담은 청중을 이야기에 집중하게 하는 힘이 있고, 실패담은 청중에게도 말할 기회를 주는 소통의 힘이 있다.

아빠가 운전면허 시험에서 한 번 떨어졌다고 말하니 내가 두 번 떨어진 걸 말하는 게 쑥스럽지 않았다. 오히려 이 타이밍에 나도 이야기할 거리가 있어서 신난다는 생각까지 들었다.

상대의 입을 열게 하는 건 나의 완벽함이 아니라 나의 실수, 빈틈, 불완전함이다.

어쩌면 우리는 사람들로 하여금 입을 열어 자신의 이야기를 할 수 있도록 돕는 마중물 같은 존재일 수 있다. 나의 부족함에 누군가는 긴장을 풀고 마음을 활짝 열지도 모른다.

상대의 입을 열게 하는 말은 나의 완벽함이 아니라

나의 실수, 빈틈, 불완전함이다.

나의 부족함에 누군가는 긴장을 풀고

마음을 활짝 열지도 모른다.

나머지 364일도 해피 뉴 이어

할리우드에서 좀비 영화를 찍는 게 꿈인 영화감독 지인은, 만날 때마다 "자, 들어 봐. 이런 이야기는 어때?" 하며 이야기보따리를 풀어놓는다.

아이디어가 신선하고 언변이 좋아서 줄거리만 들어도 영화를 보고 있는 듯 재밌다. 어린아이처럼 신이 난 그의 표정, 반짝이는 눈빛, 현란한 제스처는 정말이지 듣는 사람의 눈과 귀를 즐겁게 한다.

도전과 성실의 아이콘이자 나의 멘토인 한 작가님은 늘 새로운 일을 시도하고 공부한다. 《성경》을 필사하며 손 글씨를 연습하고, 요가 자격증을 따고, 북클럽을 기획하고, 영어 회화를 연습한다. 자발적으로, 꾸준히, 그리고 즐겁게 말이다.

난 이런 사람들에게 마음속으로 이름표를 붙여 준다.

'새해 같은 사람.'

새해 1월 1일엔 왠지 해도, 달도, 바람도 새것 같고, 무엇이든 꿈꾸고, 도전하고, 이뤄 낼 수 있을 것 같은 설렘이 찾아온다.

새해 같은 사람을 만나고 돌아오는 길엔 마음이 간질거린다. 잊었던 꿈, 미뤄 온 도전, 사그라진 열정이 다시 떠오르고 뜨거워진다.

미완의 글을 꺼내 몇 글자를 더했다 뺐다 하기도 하고, 생각만 했지 실천은 까마득했던 홈트레이닝 1일 차에 돌입하기도 하고, 서점에 가서 관심 분야의 책을 한 아름 사 오기도 한다.

작은 시작들이 안겨 주는 소소한 기쁨과 보람을 만끽하다 보면, 나도 모르게 서서히 새해 같은 사람이 돼 간다. 자연스레 내 주변에 새해 같은 사람이 많아진다.

우리 모두, 1월 1일 이후의 나머지 364일도 해피 뉴 이어(Happy New Year)

의 마음으로 꿈꾸고 도전하고 이뤄 내길, 새해 같은 사람과 함께하길,

새해 같은 사람이 돼 주길 바라본다.

새해 1월 1일엔 해도, 달도, 바람도 새것 같고,

무엇이든 꿈꾸고, 도전하고, 이뤄 낼 수 있을 것 같은

설렘이 찾아온다.

구슬아이스크림을 사랑한 소녀

고등학교 졸업 후, '나도 이제 알바를 좀 해 볼까?' 생각하던 차에 마침 친구에게서 아이스크림 가게 알바를 같이 하자는 연락이 왔다. 가게가 우리 집과 가깝고, 구슬아이스크림이라 팔도 아프지 않을 거라는 말에 덜컥 면접을 보고 일을 시작하게 됐다.

그곳에서, 내가 일해서 번 돈을 처음으로 만져 봤다. 내 시간, 노동, 감정이 돈으로 바뀌고 그 돈이 내 학비, 햄버거, 화장품 등으로 교환되는 과정을 경험했다.

인품이 좋으신 사장님 부부와 귀여운 꼬마 손님들 덕에 편하고 유쾌한 알바 생활을 했다. 손님이 없을 땐 내가 먹고 싶은 구슬아이스크림을 한가득 퍼서 먹을 수 있었는데, 사실 이 부분이 가장 좋았던 것 같다.

어느 날은 알바를 마치고 집에서 저녁을 먹고 컴퓨터를 하고 있었는데, 갑자기 정전이 됐다. 밖에 나가 보니 온 동네가 깜깜했다. 그 순간 나는 1초의 망설임도 없이 아이스크림 가게로 향했다.

'가게도 정전됐으면 어쩌지? 구슬아이스크림은 녹으면 끝장이야!'

잔뜩 걱정하며 도착했는데, 다행히 가게는 아주 환했다. 냉장고도 '위잉위잉' 잘 돌아가고 있었다. 안도의 한숨을 내뱉고 나자 이내 머쓱해졌다.

'우리 집이 정전됐는데 우리 집 냉장고는 그냥 놔두고, 아이스크림 가게로 냅다 달려오다니, 내가 주인도 아닌데 쓸데없이 오버했네.'

그 시절, 난 구슬아이스크림을 사랑했다. 그 가게를 우리 집만큼이나 소중하게 여겼다. 내가 돈을 처음으로 벌어 본 곳이라 특별했고, 착한 사장님 부부가 운영하시니 늘 번창했으면 싶었고, 싱글벙글 웃으며 들어오는 손님들이 고마웠기에, 정전이 된 순간 구슬아이스크림을 지켜야겠다는 생각밖에 들지 않았다.

이후 직장에도 다녀 보고, 프리랜서로 이런저런 프로젝트에 참여하면서, 내가 하는 일과 나의 일터를 사랑하는 것도 축복이라는 걸 깨달았다.

집에 누워 있다가 정전이 되면 쏜살같이 달려가 안녕을 확인하고 싶을 정도로 애사심 가득히 다닌 직장도 있고, '회사에 전기가 몽땅 나가서 내일 하루 푹 쉬면 좋겠다'는 생각을 습관처럼 하며 근근이 버텨낸 자리도 있었다.

"책상아 고마웠어, 의자야 수고 많았어."

퇴사 날, 사무용품에까지 절절한 작별인사를 고했던 내 마음을 다 주고 나온 신문사, 상사와 마음이 안 맞아서 계약 종료일만 손꼽아 기다렸던 프로젝트… 내가 거쳐 온 일과 일터들이 머릿속을 스친다.

구슬아이스크림을 사랑했던 소녀는 어느새 밥벌이의 고됨과 신성함을 아는 사회인이 됐다. 앞으로 해 나갈 일들과 몸담게 될 일터에는 어떤 마음을 가지고 가야 하는 걸까 자문해 본다.

구슬아이스크림이 녹을까 봐 당황해하던 순수한 마음으로 내게 주어진 일들을 정성껏 해내고 싶다. 그렇지만 정전이 되면 우리 집 냉장고부터 챙기고 일터로 향하는, 나를 먼저 보살피는 현명한 판단력도 놓치지 말아야지.

순수한 마음으로 내게 주어진 일들을 정성껏 해내고 싶다.

나를 먼저 보살피는 현명한 판단력도 놓치지 말아야지.

2장

생각이 복잡한 날엔

마음에
걸리다

새끼손가락만 한 영양제 한 알이 식도에 걸린 적이 있다.

올라오지도 내려가지도 않는 알약 때문에

어깨는 구부러지고 온 신경이 곤두섰다.

내 마음이 움츠러들고 날카로워질 때면,

내 좁은 마음에서 올라가지도 내려가지도 못하고 걸려 있는

사람 몇 명, 아픈 말 몇 마디를 만나곤 한다.

관계의 치실질

가끔 치실질을 할 때마다 깜짝 놀란다. 치아 사이사이에 껴 있던 음식물 찌꺼기가 치실에 끌려 나오는 순간, 나도 모르게 인상이 찌푸려지면서도 마음 한구석에선 묘한 쾌감을 느낀다.

치실이 아랫니 윗니를 새새틈틈 오가며, 음식물 잔해를 하나씩 끄집어낸다. 썩은 내가 진동하는 찌꺼기를 빼내고 가글을 하고 나면 입안도 개운하고 기분도 산뜻해진다. 혀로 이를 쓱쓱 문지르며 말끔함에 만족하다가 마지막엔 거울을 보고 나훈아처럼 과장되게 씩 웃어보기도 한다.

치실질을 하면서 발견한 재밌는 점은 음식물은 매번 끼는 곳에 낀다는 것이다. 치아 구조에 따라 음식물이 유독 많이 끼는 구석이 있다. 의식적으로 그 부분에 칫솔질을 더 많이 해 줘도 치실을 써야만 비로소 깨끗해진다.

치아 사이사이를 치실로 닦아 내며 문득 '사람 사이'를 생각해 본다. 우리 관계의 틈에 낀 찌꺼기들. 오해, 거짓말, 배신, 미움, 질투, 상처라 불리는 관계의 치석 따위를 모조리 긁어내고 끄집어내 박멸해 버리고 싶다.

'사이좋게 지낸다'는 건 수시로 관계의 치실질을 한다는 말이 아닐까. 우리 사이에 찌꺼기가 남지 않도록 부지런히 닦아 주고 쓸어 주는 것. 오해를 풀고, 사과를 하고, 변명도 하고, 용서도 하면서….

우리 사이를 쾌적하게 유지하려는 노력과 배려가 필요하다. 귀찮다고 너무 오래 방치하면 썩는다. 악취가 나고 병이 난다.

관계의 치실질에 태만했던 나를 돌아본다. 유독 음식물이 자주 끼는 덧니 같은 관계를 생각해 본다.

'우리 사이, 좋아질 수 있을까.'

'사이좋게 지낸다'는 건

수시로 관계의 치실질을 한다는 말이 아닐까.

우리 사이에 찌꺼기가 남지 않도록

부지런히 닦아 주고 쓸어 주면서….

유독 음식물이 자주 끼는

덧니 같은 관계를 생각해 본다.

'기분 나빠', '건방지게'의 공통분모

"시기와 다툼은 자존심이 상했을 때 일어납니다. 그래서 믿음의 성장이란 나의 자존심과 자아가 사라져 가는 것과 같습니다."

성경 공부 중에 목사님이 말씀하셨다. 인격 성장을 위해 '기분 나빠', '건방지게'라는 두 문장을 우리 삶에서 지우는 연습을 해야 한다고 덧붙이셨다.

가만 생각해 보니 정말 그렇다. 사람은 결정적인 순간에 '옳고 그름'이 아닌 '좋고 싫음'에 따라 판단해 버리는 실수를 범한다. 내가 분노했던 사건들도 저 두 가지 감정과 맞닿아 있다.

얼마 전, 나보다 어린 친구가 예의 없게 말했을 때, 너무 화가 나서 심장이 벌렁거리고 몸이 차가워졌다.

피가 거꾸로 솟는 기분을 오랜만에 느꼈다. 겉으론 잘 무마하고 넘어갔지만 한동안 마음속으로 그 친구를 계속 노려보았다.

"건방지게… 싸가지가 없네."

그냥 싫었다. 혼자 있을 때 그날이, 그 말이 불현듯 떠오르면 저절로 얼굴이 시뻘겋게 달아올랐다.

그러나 그 친구의 무례함보다 날 더 힘들게 한 건 내가 아직도 이런 작은 일에 파르르 떨며 분노한다는 사실이었다.

꽤나 착해진 줄 알았는데, 상당히 성숙해진 줄 알았는데… 여전히 타인의 한마디에 이렇게도 휘청거리며 '언젠가 되갚아 주리라' 이를 갈며 감정 쓰레기를 차곡차곡 쌓아두는 사람이라니… 부끄럽지만 스스로를 속일 순 없는 노릇이었다.

그래도 예전보단 많이 나아졌으니 자책은 그만하고 중요한 걸 기억해야 할 것이다.

나는 그보다 더한 무례함으로 남들의 속을 뒤집고 다녔던 사람이란 것과 앞으로도 그런 실수를 저지를 수 있는 부족한 사람이란 것과

이 세상에서 우린 다 같이 서로의 속을 뒤집으며 각자의 마음 바닥에 있는 더러운 것들을 건져 올리는 일종의 정화 작업을 하고 있는 중이란 걸 말이다.

대화가 불편한 사람, 취향과 가치관이 다른 사람, 속을 알 수 없는 의뭉스러운 사람은 앞으로도 내 삶에 불쑥불쑥 나타날 것이다. 잔잔한 내 마음에 들어와 거침없이 물장구를 치고 분탕질을 해 댈 것이다. 그래도 너무 이상하게 여기거나 놀랄 필요는 없다.

타인에게 그리고 내 자신에게 너무 대단한 걸 기대하지 말자. '아, 내 자존심이 여기쯤에 있었구나. 내 마음의 크기가 요만큼이구나. 쟤나 나나 이 정도구나' 알아차리고 거기에서 다시 시작하면 된다. 오늘도 다시 도전이다.

대화가 불편한 사람, 취향과 가치관이 다른 사람,
속을 알 수 없는 의뭉스러운 사람은
앞으로도 내 삶에 불쑥불쑥 나타날 것이다.

너무 이상하게 여기거나 놀랄 필요는 없다.

'아, 내 자존심이 여기쯤에 있었구나.

내 마음의 크기가 요만큼이구나. 쟤나 나나 이 정도구나'

알아차리고 거기에서 다시 시작하면 된다.

효도의 레벨

내일이면 다시 한국으로 돌아간다. 아침에 엄마는 내가 좋아하는 고등어조림을 만들어 주셨다. 팽이버섯이 들어가니 씹는 맛이 더해져 좋았다.

두부가 보이길래 '고등어조림에 웬 두부? 차라리 감자를 넣지' 하고 생각했는데 막상 먹어 보니 의외로 맛있었다. 생각만 하고 말로 내뱉지 않아서 다행이었다. 아침부터 수고한 엄마의 기분을 상하게 할 뻔했다.

식사 후엔 아빠가 예전부터 보고 싶다고 하셨던 영화 〈7번방의 선물〉을 함께 봤다. 엄마, 아빠, 나 모두 울었다. 난 두 번째 본 건데 제일 많이 울었다. 집 떠나기 전날은 괜스레 불효녀가 된 것 같아 엄마 아빠에게 미안해지고 울고 싶어진다.

효도가 대체 뭔가. 효도 여행, 효자 신발, 호강시켜 드리기… 효도 엔 돈이 필요하다. '효도=돈'이라는 공식이 내 머리에 박혀 있어서, 나 는 집에 올 때마다 마음이 급해지고 민망해지고 부족한 딸이라는 자 책을 한다.

며칠 전에 잠이 오지 않아서 유튜브로 컬투쇼를 켰는데 부모님 환 갑 기념 하와이 효도 여행 에피소드가 나왔다. 하나도 웃기지 않았 다. '아, 환갑엔 다들 하와이 정도는 보내 드리는구나'라는 생각과 '다 음 주가 엄마 환갑인데'라는 생각이 교차했다. 그뿐인가.

부모님과 티브이를 보다가 "얼마 전에 정산을 받아서 드디어 부모 님 집을 사 드렸어요. 식당을 차려 드렸어요" 하는 이십 대 초반 아이 돌의 인터뷰가 나오기라도 하면, 아무도 주지 않는 눈치를 내가 기어 코 내 자신에게 주면서 주눅이 든다. 엄마 아빠는 저걸 보면서 무슨 생각을 하고 있을까 궁금하면서도 절대로 진심은 알고 싶지가 않다.

동생이랑 돈을 모아서 엄마에게 가방과 지갑 그리고 선글라스를 선물했다. 엄마가 우리의 선물을 마음에 들어 하셔서 다행이었다. 과연 이게 효도인가? 시원치가 않다.

'엄마가 해 준 밥을 맛있게 먹고, 아빠가 보고 싶어 했던 영화를 같이 본 것도 효도지…' 하면서도 '그래도 현찰이 최고지'라는 생각이 또 금방 치고 들어온다. 효도의 레벨을 정해 버린다.

마음과 태도로 하는 효도는 돈으로 하는 효도에 비해 늘 낮은 점수를 받는다.

사랑하면 반드시 돈을 쓰게 된다. 난 소중한 사람들에게 돈을 쓰면서 내 사랑을 표현하려고 노력한다. 그리고 나에게 돈을 써 주는 사람을 잊어버리지 않으려고 노력한다.

그러나 더 이상 '돈이 있어야 사랑도 하고, 효도도 한다'는 속임수에 놀아나지 말아야겠다. 내가 엄마 아빠가 나에게 쓴 돈으로만 그들의 사랑을 가늠하지 않듯이, 그들도 나의 마음을 그렇게 계수하고 있지 않을 게 분명하니까.

마음과 태도로 하는 효도는

돈으로 하는 효도에 비해

늘 낮은 점수를 받는다.

그러나 더 이상

'돈이 있어야 사랑도 하고, 효도도 한다'는

속임수에 놀아나지 말아야겠다.

입이 문제야, 요 입!

가장 마음에 걸리는 친구를 꼽으라면 등하교를 함께하며 우정을 다졌던 중학교 1학년 절친, L양이다. 그 친구가 얼마나 착했던지… 이틀에 한 번 꼴로 늦게 나오는 나를 경비실 앞에서 항상 기다려 줬다.

후다닥 뛰어 내려오는 내게 "야! 너 또 늦으면 어떡해!" 윽박은 질렀지만 미안하다고 싹싹 비는 시늉을 하면 피식 웃어 줬다. 나 때문에 등굣길이 늘 허둥지둥 정신없었는데도, '각자 등교하자'느니 '더 이상 너랑 못 다니겠다'느니 협박성 발언도 한 번 하지 않았다.

어느 날, 나는 체육 선생님에게 단단히 골이 나서 집으로 돌아가는 길에 L양에게 "체육 선생님이 남학생들만 편애하는 것 같다, 뭘 가르쳐 주지도 않는 것 같다" 하며 뒷담화를 늘어놓았다.

결국엔 "체육 선생님들은 다 왜 그래? 진짜 별로야" 하며 전국 체육 선생님을 싸잡아 욕하는 지경에 이르렀다. 그 순간, L양이 걸음을 멈추더니 내 눈을 보지도 않고 이렇게 말했다.

"우리 아빠도 체육 선생님이셔서."

어안이 벙벙하다는 말을 그때 처음으로 체감한 것 같다. 아찔했다.

L양의 집에 전화를 걸면 "응, 네가 정아구나" 하며 인사도 해 주시고 자상하게 딸 이름을 부르시던 그 아버님이 체육 선생님일 줄이야. 내가 욕하는 부류의 사람이 내 친구의 가족일 수도 있구나.

너무 당황해서, 그 상황을 어떻게 수습했는지도 기억이 안 난다.

그 이후에도 L양은 아침마다 경비실 앞에서 나를 기다려 줬고, 나는 헐레벌떡 달려 나오며 "쏘리, 쏘리"를 외쳐 댔고, 점심도 나눠 먹고 공기도 같이 했지만, 난 계속 미안했다.

그렇지만 미안하다는 말로 그 사건을 상기시키는 것조차 두려워서 아무 일 없었던 듯 지냈다.

이민 가서도 연락을 주고받았는데, 대학교에 가고 나서는 소식이

끊겼다. 어느 날 문득 내가 한 말실수가 떠올라 나에 대한 정이 똑 떨어진 게 아닐까 하는 생각도 들었다.

그 친구와 멀어진 게 아쉽다. 중학교 1학년 때의 실언 때문인지는 확실치는 않지만, 가끔씩 그 친구가 보고 싶을 때면 타임머신을 타고 그 순간으로 돌아가고 싶어진다.

어느 날 문득 내가 한 말실수가 떠올라
나에 대한 정이 똑 떨어진 게 아닐까.

그 친구와 멀어진 게 아쉽다.

반쯤 열어 두고 나온 창문처럼

오전께 잠시 멈췄던 비는 늦은 오후가 되자 다시 내리기 시작했다. 그 시각 친한 언니들이 운영하는 카페에서 김훈의 《흑산》을 읽고 있었는데, 선선한 에어컨 바람 속에 느껴지는 비 오는 날 특유의 습기가 묵직하고 축축한 소설의 분위기와 어울린다고 생각했다.

간간이 열렸다 닫히는 카페 문 너머로 제법 굵어진 빗방울이 후드득 떨어지는 게 보였다.

'아, 부엌 창문을 열어 뒀는데.'

유배지에서 술이 늘어가는 정약전과 토굴에 숨어 밀서를 쓰는 황사영, 말똥 냄새가 몸에 밴 마부 마노리의 모습이 머릿속에서 영상처

창문을 꽉 닫는데, 그 순간 내 마음속에
반쯤 열어 두고 나온 창문 같은 사람이 있다는 사실을 깨달았다.
계속 의식하게 되는 어긋난 관계들의 무게를 가늠해 본다.

럼 지나가다가 갑자기 반쯤 열린 부엌 창문 틈새로 사라져 버렸다.

'아, 창문. 창문… 닫은 것 같기도 한데… 아니, 그건 어제였나?'

이런 찜찜한 감정을 종종 만난다. 선풍기나 에어컨 혹은 보일러를 켜 둔 채 나온 것만 같아 신경이 쓰인다. 그뿐인가.

갑작스러운 약속으로 밖에서 저녁을 먹다가도 갑자기 전기밥솥에 남겨 둔 밥 한 덩이가 떠오른다. '아, 오늘 안 먹으면 버려야 하는데, 아깝다' 하며 머릿속으론 어느새 밥솥 뚜껑을 만지작거리는 나를 발견한다.

집으로 돌아와 제일 먼저 부엌 창문을 확인했다. 예상대로 열려 있었다. 빗발이 집 안까지 내리치진 않아 다행이었다. 창문을 꽉 닫는데, 그 순간 내 마음속에 반쯤 열어 두고 나온 창문 같은 사람이 있다는 사실을 깨달았다.

신나게 살다가도 '아, 그 사람과는 아직 풀지 못했지…' 하며 멈칫하게 되는… 마음에 걸리는 사람들의 이름을 웅얼거려 본다. 지금 바로 해결하러 달려가진 못하지만 마음으론 계속 의식하게 되는 어긋난 관계들의 무게를 가늠해 본다.

신나게 살다가도

'아, 그 사람과는 아직 풀지 못했지…' 하며

멈칫하게 되는… 마음에 걸리는

사람들의 이름을 웅얼거려 본다.

하나를 보면 열을 안다?

큰 창이 있는 3층 카페에 자리를 잡고 앉았다. 한참 책을 읽다가 무심코 고개를 들었는데 창 너머 반대편 건물에 적힌 '만두피'라는 글자가 눈에 띄었다.

"웬 만두피? 만두피 공장인가?"

이 도심에 만두피 공장이라니 뜬금없고 의아했다. 갸우뚱. 고개를 살짝 기울여 살펴보니 카페 기둥에 가려져 있던 '비' 자가 보였다.

'비?'

'만두피?'

'비만 두피!'

비만과 두피 케어를 전문으로 하는 미용 숍의 간판이었다. 한 글자의 차이가 엄청났다. 만두피, 비만 두피, 만두피, 비만 두피… 생각할수록 어이가 없어서 웃겼다.

'하나를 보면 열을 안다'고 한다. 난 이 말에 수긍하면서도, 한편으론 이런 단호함이 무섭다.

내가 남을 판단할 때 가져다 쓰긴 쉬운 말이지만, 누군가가 나의 하나를 보고 나머지 것들을 단정 짓는다고 생각하면 소름이 끼친다.

하나를 보면 하나를 본 것이 아닌가? 부분이 전체를 대변하기도 하지만, 반드시 그런 것은 아니다.

기자로 일하면서 한 인기 가수와 인터뷰를 할 기회가 있었는데, 뚱한 표정으로 대답도 건성으로 하는 태도가 영 못마땅했다.

이후에 친구들이랑 놀다가 그 가수 이야기가 나왔을 때, 난 대번에 "그 사람 좀 싸가지가 없는 것 같아"라고 말했다. 그러자 한 친구가 그 가수랑 아는 사이냐고 물었다. 난 그와의 유일한 에피소드인 그날의 인터뷰와 그의 첫인상에 대해 설명하기 시작했는데, 말하다 보니 아차 싶었다.

난 그 사람을 아는 게 아니라 본 거였다. 그 사람 인생의 수많은 날 중 하루, 그 하루 중에 고작 15분을 봐 놓고는 그 사람의 전부를 아는 냥 싸가지 없다고 정의 내린 것이다.

상대방의 사연은 모른 채, 내가 본 순간만을 박제해 놓고 그의 인격과 성품을 단정하는 건 너무나 무식하고 잔인한 사고방식이다.

내가 본 것이 '만두피'라고 해서 '비만 두피' 클리닉이 만두피 공장이 되는 건 아니다. 내 머릿속에서만 그 건물이 만두피 공장으로 존재할 뿐이다.

'그동안 나는 얼마나 많은 사람을 오해하며 살아온 걸까.'

'그동안 나는 얼마나 많은 사람의 오해를 받으며 살아온 걸까.'

'내가 그토록 미워하는 그 사람, 난 정말 그를 알고 미워하는 걸까.'

'나에게 단단히 삐져 있는 그 사람, 내 상황과 마음을 알고도 냉정할 수 있을까.'

'하나를 보면 열을 안다'는 말에 속아 우리는 서로에게 두 번째, 세 번째 기회를 놓쳤던 건 아닐까 생각해 본다.

그동안 나는 얼마나

많은 사람을 오해하며 살아온 걸까.

그동안 나는 얼마나

많은 사람의 오해를 받으며 살아온 걸까.

'하나를 보면 열을 안다'는 말에 속아

우리는 서로에게 두 번째, 세 번째 기회를

놓쳤던 건 아닐까 생각해 본다.

그때는 맞고, 지금은 틀리다

세상에서 제일 어려운 싸움은 자기 자신과의 싸움이라고 하는데, 난 이 말에 백 번, 천 번 공감한다.

아침에 눈뜨자마자 벌떡 일어날지 조금 더 뒹굴지, 야식을 먹을지 말지, 오늘 할 일을 내일의 나에게 맡길지 말지 등 하루 종일 내 자신과 씨름한다. 그래도 이런 종류의 싸움은 해 볼 만하다. 어떤 자아가 이겨야 나에게 더 유익한지 이미 알고 있기 때문이다.

자신과의 싸움 중에 최고봉은 단연코 비밀번호 찾기다. 싸이월드가 사라진다니 백업을 시켜 놓고 싶은데… 예전에 쓰던 핫메일이 갑자기 열어 보고 싶은데… 도통 비밀번호가 떠오르지 않는다.

오늘의 내가 과거의 나를 상대로 펼치는 지리멸렬한 두뇌싸움. 분명 내가 만든 비밀번호인데 나에게까지 비밀스럽다. 이름, 별명, 좋아하는 음식, 생일을 비롯한 각종 기념일 등등 유추할 수 있는 모든 문자와 번호를 쥐어짜 내 조합해 봐도 아니란다.

과거의 나는 대체 무슨 생각을 하며 비밀번호를 만든 걸까. 결국 '질문/답변으로 찾기' 페이지까지 왔다.

"가장 인상 깊게 읽은 책 이름은?"

좋아하는 책 제목들을 몇 개나 쳐 봐도 정답이 아니었다. 마침내 찾아낸 답은 《길은 여기에》. 내가 비밀번호를 만들었던 당시에 읽고 있었던 감동적인 책이자, 그 이후에 접한 또 다른 좋은 책들로 인해 순위권에서 밀려난 추억의 애장 도서다.

'아, 그렇지. 그땐 내가 그 책을 좋아했었지.'

지금 이 순간, 같은 질문에 답해야 한다면 난 다른 책 이름을 댈 것이다. 한 달 뒤에 또 묻는다면 그때는 같을 수도, 다를 수도 있다.

오기와 끈기로 비밀번호 찾기에 도전하며 느낀 점은 비밀번호는 정말 잘 생각하고 만들어야 한다는 것, 그리고 삶 속엔 '그때는 맞았지만, 지금은 틀린 것'이 많다는 것이다.

내 취향, 좌우명, 인간관계⋯ 모두 다 바뀌고 변할 수 있다. 좋아하는 노래 장르가 달라지고, 삶의 우선순위가 조정되고, 가장 따뜻했던 친구와는 소원해진 반면 인사만 나눴던 지인과는 둘도 없는 단짝이 돼 있다.

과거의 내가 조합해 낸 가장 특별한 비밀번호가 오늘의 나에겐 가늠하기도 어려울 정도로 무의미한 것의 나열일 수 있는 것처럼 말이다.

지금 내 인생에서 가장 중요한 문자와 숫자를 섞어서 최신 버전의 비밀번호를 만들어 본다. 오늘의 나만이 아는, 나의 세계로 접속할 수 있는 비밀번호는 '**********'다.

※주의: 오늘은 맞지만 내일은 틀릴 수 있다.

삶 속엔 '그때는 맞았지만, 지금은 틀린 것'이 많다.
내 취향, 좌우명, 인간관계⋯ 모두 다 바뀌고 변할 수 있다.

악연을 푸는 주문

사람마다 맹신하는 게 하나쯤은 있다. 며칠 전에 혈액형 성격설을 맹신하는 분과 대화를 하게 됐는데, '기-승-전-혈액형'으로 전개되는 생각의 흐름이 흥미로우면서도 불편했다.

혈액형과 성격 이야기가 나오면, 난 입을 다문다. 내 경험상 한국에서 B형이라고 밝혔을 때, 사회적으로 득이 될 게 없다. B형은 대체로 다혈질에 바람둥이라는 인식이 만연하니 말이다.

반면에 A형은 단지 A형이라는 이유만으로 섬세하고 배려심이 많을 거라는 일반화의 수혜자가 되곤 한다. O형은 자기표현이 확실하고 뒤끝 없는 사람으로, AB형은 천재 아니면 바보 혹은 싸이코로 간

주된다.

맹신은 진실을 가리지만, 모든 것을 단순하게 만들어 주기도 한다. 혈액형과 성격의 상관관계를 맹신하는 사람은 아마도 타인과의 갈등에서 '답'을 찾으려고 애를 써 본 사람일 가능성이 크다.

"저 사람은 왜 이렇게 나랑 생각이 다르지?"

"쟤는 왜 말을 저렇게 하지?"

"나는 왜 이렇지?"

이런 고민과 물음의 끝에서 '혈액형별 성격유형'이라는 만능키를 찾은 게 아닐까.

"아, 저 사람 B형이야. B형은 원래 저래."

"걔 A형이잖아. A형은 원래 그래."

고정관념은 모든 과정을 뛰어넘고 곧바로 결론으로 갈 수 있는 손쉬운 해결책이지만, 가장 게으른 관계 방식이다.

나도 맹신하는 게 있다. 특정 성⤴씨와 엮이면 내가 상처받거나 뒤통수 맞는다는 '△'씨 기피증. 정말 어렸을 때부터 그 성을 가진 친구들이랑 자주 싸웠는데, 어른이 되고 나서도 그 성이랑은 안 맞는 것 같았다.

이 맹신을 깨 줄 은인 같은 △씨의 사람을 만나 그간 쌓였던 △씨 가문과의 악연을 말끔히 씻어 내고 싶지만, 내 생각의 순서가 잘못된 것 같다. 내가 이 맹신을 갖고 있는 한, 그 어떤 착한 △씨 귀인이 나타나더라도 나에게 좋은 영향력을 발휘하지 못할 테니 말이다.

나의 △씨 기피증 마법을 푸는 주문은 '축복'이다. 초등학교 시절부터 갖고 있었던 △씨에 대한 맹신을 더 이상 믿지 않기로 결정한다. 특정 성씨를 싸잡아 오해하고 미워했던 마음을 버린다.

앞으로 내가 만날 △씨는 이 세상에 유일무이한 고유한 인격체이며, 그 사람과 나의 관계의 좋고 나쁨은 그 사람의 성씨에 달린 것이 아니다. 이제 나는 △씨에게 축복이 돼 주고, 그 사람도 나에게 축복이 돼 줄 것이다.

나의 △씨 기피증 마법을 푸는 주문은 '축복'이다.

나는 △씨에게 축복이 돼 주고,
그 사람도 나에게 축복이 돼 줄 것이다.

너와 나를 잇는 말줄임표

좋은 사람이 돼야 좋은 글을 쓸 수 있을 것만 같아 나를 도덕적으로 엄격하게 몰아붙일 때가 있다. 순하고 부드럽게 살자고 글을 쓰면서도 내 안에서 꿈틀거리는 위선을 마주할 때 한없이 무기력해진다.

지하철에 서서 책을 읽고 있었는데, 중년의 잡상인 한 분이 바퀴 달린 시장바구니를 끌고 내가 있는 칸으로 들어오셨다. 화장실이든 거실이든 모든 벽에 붙일 수 있는 벽 고리를 소개하고는, 자리에 앉은 사람들의 무릎 위에 물건을 하나씩 올리며 돌아다니셨다.

그런데 그 잡상인이 카트에 샘플로 붙여 놓은 벽 고리에 내 카디건

끝자락이 걸렸다. 깜짝 놀라 뒤를 돌아보았는데, 그는 자기가 뺄 테니 움직이지 말라고 했다.

난 원피스를 입고 있었기 때문에 그 아저씨가 카디건을 고리에서 빼내며 내 다리를 보게 되거나 내 몸에 조금이라도 손을 대는 게 싫었다. 미간이 찌푸려졌다. 가만히 있는 그 짧은 순간이 너무나 길게 느껴졌다.

잡상인 아저씨와의 소동이 끝난 후 다시 책을 폈는데 도저히 집중이 되질 않았다. 잡상인 한 명에게도 이렇게 치를 떠는 내가 무슨 사랑을 말할 수 있을까. 책이 무슨 소용인가.

책 속에서 방황하는 주인공의 결함은 얼마든지 보듬어 주고 심지어 공감까지 하면서… 내 눈 앞에 있는 잡상인에겐 그렇게나 인상을 쓰고 무시하고 손 끝 하나 스칠까 봐 몸을 사리는데… 내가 무슨 글을 쓴다고….

그래서인지 다음 날 쓴 글엔 자책과 자괴감이 가득했다. 내 위선을 비하하고 심판했다. 그런데 내 자신을 향한 비난을 쏟아 낼수록 난 평생 노력해도 완벽하게 좋은 사람이 되지 못할 거라는 사실이 더 분명하게 느껴졌다.

'내가 좋은 사람이 될 때까지 기다렸다가 책을 읽고 글을 쓴다면,

난 평생 아무것도 읽지 못하고 쓰지 못하고 죽게 될 것이다. 죽는 순간에도 나는 온전히 선하진 못할 것이다. 나는 무결점의 삶을 살 수 있는 능력이 없는 사람이다.'

반성문 같았던 글이 서서히 '이런 나를 제발 도와 달라'는 기도문으로 바뀌었다. 앞으로도 나는 잡상인과 상종하지 않으려 하고 마음속으로 콧방귀를 뀌겠지만, 내 자신과 상대를 너무 단정 지어 버리지는 않으려 한다.

인생은 마침표나 느낌표 같이 명료하고 명쾌한 것이 아니다. 오히려 말줄임표 같은 모호한 머뭇거림의 연속이다.

'아… 그들에게도 사연이 있겠지…'

'저러고 싶어서 저러는 게 아니겠지…'

'나도 사연이 있어서 이런 거지…'

'이러고 싶어서 이러는 건 아닌데…'

남과 나를 위한 말줄임표를 가슴에 품고 다녀야겠다.

정의 내리고 판단하고 싶을 때 말줄임표를 꺼내야지… 어쩌면 그 작은 점들이 나와 당신 그리고 나와 내 자신을 잇는 징검다리가 되어 줄지도 모른다.

남과 나를 위한 말줄임표를 가슴에 품고 다녀야겠다.

정의 내리고 판단하고 싶을 때 말줄임표를 꺼내야지…

어쩌면 그 작은 점들이

나와 당신 그리고 나와 내 자신을 잇는

징검다리가 되어 줄지도 모른다.

'마라톤, 똥'을 기억하자

부끄러웠던 옛 실수들이 떠올라서 잠이 오지 않거나 정신이 나태해질 때, 구글 이미지로 들어가 '마라톤, 똥'을 검색한다. 그러면 설사를 하면서 달리고 있는 백인 남성 마라토너, 미카엘 에크발을 만날 수 있다.

난 그의 사진을 보면서 '그래, 내가 남들 앞에서 똥 싸며 달린 것도 아닌데 이제 그만 창피해하자' 하며 힐링을 하기도 하고, '야, 똥 싸면서도 마라톤을 완주한 이 정신력을 본받으란 말야!' 하며 셀프 정신교육을 하기도 한다.

내가 이 사진을 주기적으로 찾아보며, 스스로에게 상기시키고자 하는 것은 '수치심을 넘어선 목표 의식'이다. 난 무언가를 열심히 잘 하다가도 부족함을 지적받거나 비웃음거리가 될 때, 극도의 수치심을 느끼고 혼자서 포기해 버리는 습성이 있다.

얼마 전 알바로 쓴 광고 기획안이 고객의 입맛엔 맞지 않았는지, 결국 기획비만 받고 제작은 무산됐다. 그냥 어쩌다가 한 알바였는데도 그게 왜 그렇게 쪽팔리고 화가 났는지, 며칠 동안 '도대체 어디가 별로라는 거야?', '얼마나 대단한 거 만드나 지켜보겠어!' 하며 으르렁거렸다.

'좋은 작가가 된다'는 나의 궁극적인 목표 의식이, 내 글이 '까이는' 순간 수치심에 흔들리고 만 것이다. 이때가 바로 '마라톤, 똥'을 검색해야 할 타이밍이다.

미카엘 에크발 선수도 부끄러움을 느낄 줄 아는 평범한 인간이다. 배가 부글거리는 순간부터 얼마나 머리가 복잡했을까. 참고 참다가 한계에 다다르고, 설사가 나오기 시작하고, 사람들이 웅성거리고, 사진기자들이 셔터를 눌러 댈 때, 심정이 어땠을까. 굳이 물어보지 않아도 다 알 수 있다.

그러나 그는 최선을 다해 마라톤을 완주하겠다는 목표가 확실했기 때문에 똥을 싸면서 달리는 선택을 한 것이다.

수치심을 느끼지 않는 건 불가능하다. 수치심은 느닷없는 순간에 나를 장악해 버린다. '부끄러워하지 말아야지' 다짐할 땐 이미 얼굴이 빨개져 있고 심장이 미친 듯이 뛰고 있는 상태다.

그러나 확실한 목표 의식은 수치심을 이겨 내게 해 준다. 오래도록 갈망해 온 목표를 잠깐의 수치심에 포기해 버리지 말자.

'마라톤, 똥'을 기억하자.

확실한 목표 의식은 수치심을 이겨 내게 해 준다.
오래도록 갈망해 온 목표를 잠깐의 수치심에 포기해 버리지 말자.

내가 처음으로 사랑한 강아지

내가 처음으로 키운 강아지는 '보라'라는 이름의 요크셔테리어였다.

밥그릇을 움직이는 소리나 '밥' 소리만 나면 쪼르르 달려오던 보라, 나는 일부러 그런 소릴 내어 보라를 놀라게 하는 짓궂은 장난을 치곤 했다. 후다닥 달려오는 보라의 모습이 너무 귀엽고 사랑스러워서 계속 보고 싶었다.

그러던 어느 날 보라는 마트 계산대에서 떨어져 뇌진탕으로 죽었다. 그 당시 일곱 살이었던 나는 보라의 죽음이 너무 슬퍼서 며칠을 울었다.

사람과의 사랑에만 첫사랑이 존재하는 게 아닌 것 같다.
내가 처음으로 사랑한 강아지, 보라…
문득 보라가 떠오를 때면 난 아직도 마음이 울렁인다.

나를 위로해 주기 위해 가족이 보라랑 비슷하게 생긴 강아지 또또를 데려왔는데, 보라가 아닌 강아지는 나에게 아무런 의미가 없었다.

또또에겐 미안하지만, 내가 정을 붙이질 못해서 또또를 다른 집에 보냈던 기억이 난다. 아, 새로운 주인의 차 뒷자리에서 창문 너머로 나를 보던 또또의 모습 역시 날 아프게 하는 유년 시절의 장면이다.

그 이후에도 두세 번 더 강아지를 키웠지만, 그 강아지들의 이름이 잘 생각이 나지 않을 정도로 마음을 열지 못했다.

고모네에 가면 시추 두 마리가 나를 반긴다. 공주랑 오이. 내가 가면 있는 힘껏 꼬리를 흔들며 온몸으로 관심을 표현한다. 산책도 같이 하고 목욕도 시켜 주고 나란히 누워서 드라마도 보지만, 보라를 사랑했을 때와 같은 마음은 생기지 않는다.

사람과의 사랑에만 첫사랑이 존재하는 게 아닌 것 같다. 내가 처음으로 사랑한 강아지, 보라… 문득 보라가 떠오를 때면 난 아직도 마음이 울렁인다.

나는 일부러 보라를 놀라게 하는

짓궂은 장난을 치곤 했다.

후다닥 달려오는 보라의 모습이

너무 귀엽고 사랑스러워서 계속 보고 싶었다.

공유된 비밀의 무게만큼

넷플릭스 오리지널 영화 〈내가 사랑했던 모든 남자들에게〉를 봤다. 이야기 중반부쯤, 남녀 주인공이 서로의 가정사를 털어놓으며 감정적으로 가까워지는 장면이 나온다.

엄마가 일찍 돌아가셔서 마음 한구석이 늘 외로운 여자애, 아빠가 가정을 버리고 딴 여자랑 살림을 차려서 속상한 남자애. 둘은 그런 고해성사 같은 몇 마디를 나눈 후 서로를 더욱 좋아하게 된다.

사람들은 비밀을 공유한 만큼 친해진다고 믿는다. 청소년 시기엔 특히 더 그렇다. 가정사든, 병력이든, 짝사랑하는 상대의 이름이든 공유된 비밀의 무게만큼 우정도 두터워진다고 생각한다.

나아가 비밀을 듣고 지켜 주는 것으로 상대를 향한 나의 진실한 우정을 증명하려 하기도 한다.

그런데 비밀이란 녀석은 요물 같아서 사람들 사이를 끈끈하게 붙여 놓았다가도 한순간에 그 막역한 관계를 절단해 버리기도 한다.

고민 상담이랍시고 속에 있는 말을 다하고 나선 그다음부터 나를 슬슬 피해 다니는 사람들이 있었다. 나에게 친구 뒷담화를 잔뜩 해 놓고 며칠 있다가 그 친구랑 다시 가까워지면, 그때부턴 나를 멀리하는 식이었다.

난 비밀을 들어 주고 지켜 줬을 뿐인데, 왜 내가 내쳐져야 하는지 어리둥절하고 억울했다. 친구와 화해했으니 그전에 말한 건 잊어 달라는 고백까지 해 줬더라면 좋았을 텐데… 그 친구는 내가 이것까지도 이해할 준비가 됐다는 걸 미처 모르고 날 과소평가했던 것 같다.

비밀은 시한폭탄과도 같다. 위험한 것이다. 누군가가 비밀을 말할 때, 자신이 꽤나 믿음직스러운 사람으로 인정받은 것으로 착각하면 안 된다.

사람들은 상대를 믿기 때문에 비밀을 말하기보다는 자기가 혼자 감당 못할 정도로 괴로워서 혹은 자기편을 만들고 싶은 욕심을 비밀로 가장해서 속마음을 내보이곤 한다.

그래서 누군가의 비밀을 듣는다는 건, 시한폭탄을 함께 짊어져 주는 것이고 똥통에 같이 들어가 주는 것이나 다름없다.

난 이제 누군가가 나에게 진지한 비밀을 들려줄 때, 각오를 한다.

'이 비밀을 듣고 나면 난 사람을 얻을 수도 있지만 잃을 수도 있다. 내가 비밀을 알기 때문에 이 사람은 나와 가까워질 것이다. 하지만 내가 비밀을 알기 때문에 나를 두려워하거나 불편하게 여기게 될 수도 있다. 결국 내가 상처받을 수도 있다.'

그러나 매번 이런 각오를 하고 대화에 임하는 건 지치는 일이다. 이런 걱정 없이 마음을 나눌 순 없을까? 방법은 딱 하나. 그 비밀이 더 이상 비밀이 아닌 것이 되면 된다.

난 내가 받을 상처를 각오하고 비밀을 듣는다. 내가 들은 그의 비밀이 더 이상 비밀이 아닌 것이 될 만큼 그가 강해지고 용감해지기를, 그 마음속 상처가 깨끗하게 아물기를 바라면서.

내가 털어놓게 될 비밀들과 내가 듣게 될 타인의 비밀들에 미리 선포한다.

"너희는 더 이상 우릴 묶어 둘 수 없어. 우린 부끄럽고 어두운 비밀을 빛 가운데서 고백할 거야. 감출 것 없이 거리낌 없이 거침없이 사랑하며 살아갈 거야."

내가 들은 그의 비밀이
더 이상 비밀이 아닌 것이 될 만큼
그가 강해지고 용삽해지기를,
그 마음속 상처가 깨끗하게 아물기를.

남이 되기 위한 헛수고는 이제 그만!

난 내향적이다. 엠비티아이(MBTI) 성격유형 검사를 하면 내향성이 우세하다고 나온다. 내향적인 건 소심한 것과는 다르다.

내향적인 사람은 혼자 있을 때 에너지를 얻고 일대일이나 소그룹 대화를 즐긴다. 반면, 외향적인 사람은 사교 활동을 통해 에너지를 공급받고 다수의 사람과 대화하는 걸 선호한다. 에너지를 얻는 방식의 차이일 뿐이다.

난 내가 내향적이라는 사실을 자주 느낀다. 많은 사람이 모인 곳에서 반나절을 보내고 나면 지쳐서 예민해진다. 장난과 웃음으로 친목

모임을 즐기는 것처럼 행동하다가도 어느 순간이 되면 집에 가고 싶어서 미칠 것만 같다.

모임 후엔 혼자 혹은 내가 편하게 생각하는 한두 사람과만 시간을 보내고 싶어진다. 이게 내 성향인지 몰랐을 때, 나는 내가 이기적인 사람인 줄 알았다. 그래서 고치고 싶었다.

무리에 억지로 끼어서 끝까지 있어 보려고 노력했다. 물론 잘되지 않았고, 급기야 공식적인 모임이 끝나고 나서도 자꾸 놀 계획을 짜는 친구들이 부담스럽고 싫어지는 지경에 이르렀다.

지금 생각해 보면, 그 시절 내 주위 사람 대부분이 외향적인 기질이었던 것 같다. 그런 고군분투를 이어가다가, 성격유형 테스트를 하고 인생 선배들의 조언을 들으며 결국엔 이게 나라는 것을 받아들이기로 했다.

사람을 좋아하고 사람에게 사랑을 받고 싶으면서도, 사람에게서 도망치고 싶어 하는 모순적인 나를 있는 그대로 인정하기까지 근 십년이 걸렸다.

나는 알면 알수록 모순적인 인간이다. 죽을 때까지 나는 나의 모순과 맞닥뜨리게 될 것이다. 고쳐 보려고 해도 고쳐지지 않는 나의 모순. 그건 어쩌면 타고난 성격적 특성일 수 있다.

내가 누구인지 알아가기에도 짧은 인생, 남이 되기 위해 헛수고를 하는 실수는 더 이상 하고 싶지 않다.

내가 누구인지 알아가기에도 짧은 인생,
남이 되기 위해 헛수고를 하는 실수는
더 이상 하고 싶지 않다.

보폭이 잘 맞는 사람

누군가 취미를 물어보면 독서라고 말하지만, 그건 나의 발전을 위해 지향하는 취미이지 진정으로 재밌어서 자연스럽게 즐겨 하는 행위는 아니다. 노력하지 않아도, 나도 모르는 새 하고 있는 나만의 취미이자 놀이는 '사람 구경'이다.

초등학교 하굣길에 단짝 친구들과 길모퉁이에 앉아 수다를 떠는 걸 좋아했는데, 난 우리가 나누는 대화보다 신호등을 기다리고 건너는 사람들을 구경하는 게 더 재밌었다.

앉아서 바라본 세상은 일어서서 보는 세상보다 신기했고, 제각각인 사람들의 걸음걸이가 재밌었다.

사람 구경의 최고 묘미는 두세 사람이 같이 걸어가면서 보폭이 일치하는 모습이었다. 분명히 여러 명이 걷고 있는데, 옆에서 보면 마치 한 사람이 걸어가고 있는 것만 같았다.

어린아이의 눈에 그 광경이 얼마나 경이롭던지…. 운동회에서 이인삼각 경기를 할 때는 두 사람의 발목을 끈으로 묶고 "오른발! 왼발!" 구령을 외쳐도 발맞춰 걷는 게 어려웠는데, 길거리에서 삼삼오오 걸어가는 사람들에겐 참 쉬운 것 같았다.

요즘도 나란히 걸어가는 사람들을 보는 게 즐겁다. 키도, 성별도, 나이도 다른 사람들이 어떻게 같은 보폭으로 걷는 걸까?

호기심 가득한 시선을 조금 올려 그들의 얼굴을 보니 이제야 그 비법을 알겠다. 그건 다름 아닌 대화, 내가 관찰한 발맞춰 걷는 사람들의 대부분은 서로 대화를 나누고 있었다.

끈으로 묶지 않아도, 구령을 외치지 않아도, 강제로 연습하지 않아도 보폭을 맞출 수 있는 방법은 대화하는 것이다.

한때 마음의 보폭을 맞추며 정답게 걸었지만, 어느 순간 멀어진 어색한 사람들이 있다. 그들과 언제부터 애매해졌는지 생각해 보니 대화가 줄어든 시기와 맞물린다.

　모든 이와 친밀하게 지내는 것은 불가능하고 어리석은 짓이지만, 꼭 지키고 싶은 소중한 관계라면 적극적으로 보폭을 맞춰야 한다. 마주 보고 대화하고, 물어보고 답하고, 경청하고 반응하며 걸어야 한다.

　대화가 끊기면, 관계가 끊어진다.

　대화가 이어지면, 관계가 이어진다.

　우리, 말하자. 우리, 듣자. 우리, 걷자.

끈으로 묶지 않아도,

구령을 외치지 않아도,

강제로 연습하지 않아도

보폭을 맞출 수 있는 방법은

대화하는 것이다.

우리, 말하자.

우리, 듣자.

우리, 걷자.

맛집 옆 가게 사장님의 마음

시장 구경을 실컷 하고 나니 배가 출출해졌다. 달달하고 따뜻한 호떡 생각이 간절했다. 검색해 보니 시장에 소문난 호떡 맛집이 있다고 나왔다.

들뜬 마음으로 찾아갔더니, 아니나 다를까 골목 끄트머리에 위치한 작은 호떡집 앞은 이미 사람들로 북적거리고 있었다. 좁은 시장 골목이라 손님들이 줄을 설 만한 공간도 넉넉지 않았다. 호떡집 손님들의 행렬은 이웃한 백반집 앞까지 이어졌다.

백반집 사장님이 못마땅한 표정으로 나오시더니 가게 앞을 막지 말라고 짜증을 내셨다. 나를 포함한 호떡집 손님들에게 비키라는 뜻으로 '휘이휘이' 허공에 손짓하는 그 모습에서 '이런 상황이 이미 일상이 돼 버렸구나' 느낄 수 있었다.

사실, 백반집 사장님은 손님들이 아닌 호떡집 사장님을 향해 불쾌함을 드러내고 있는 것이었다. 그러나 호떡집 사장님 부부는 으레 있는 일이라는 듯 손님들에게 줄을 잘 서 달라고 부탁하시곤 금세 신나는 표정으로 호떡을 뒤집으셨다.

백반집 사장님이 안쓰러웠다. 맛집을 찾아다니기에 바쁘고 맛집 매출은 얼마나 될까 궁금하긴 했어도, 맛집 옆 가게의 고충에 대해선 생각해 보지 않았다. 얼마나 부러울까. 내 가게 앞까지 줄을 선 옆 가게 손님들이 얼마나 야속할까.

"그렇게 배 아프면, 백반집 사장님도 맛있게 만들면 될 거 아녜요?"라는 말도 일리가 있지만, 그건 너무 매정하다. 돌이켜 보면, 난 맛집 사장님보다 맛집 옆 가게 사장님의 심정이 더 잘 이해되는 인생을 살아왔으니까.

호떡집은 호떡을 팔고 백반집은 찌개를 파니까, 올림픽으로 따지면 마라톤과 수영처럼 종목이 아예 달라 비교가 불가한 것이다.

우리 각각의 삶 또한 메뉴와 종목 자체가 달라 뭐 하나 동등하게 비교할 수 없음에도, 나는 맛집 같은 누군가의 인생이 부럽고 금메달을 목에 건 것 같은 타인의 모습에 심술이 나곤 한다.

너의 행복이 나의 행복이라고 하면서도, 모두가 잘되고 평안해야 내 삶도 잘 돌아간다는 걸 알면서도, 남이 잘되면 그가 내 운을 빼앗아 가기라도 한 것처럼 억울해지기도 한다.

어쩌면 누군가에겐 내 삶의 특정 부분이 맛집 같아 보였을 수도 있고, 또 어떤 이는 내 목에서 반짝이는 금메달에 인상을 찌푸렸을 수도 있겠지만… 우리가 다 한자리에 모여 솔직히 까놓고 말하다 보면, 우리 각자의 레시피가 묘하게 다르고 나름대로 훌륭하다는 사실을 깨닫게 될지도 모를 일이다.

맛집에 대한 집착도, 맛집 옆 가게의 콤플렉스도 벗어 버리고 싶다. 망하고 싶어서 가게를 차리는 사장도 없고, 하찮은 인생이 목표인 사람도 없으니까.

다 잘해 보려고 하는 일, 다 잘 살아 보려고 하는 일이다. 그러니 신랄한 비평과 매서운 질투 대신 내 자신과 이웃을 향한 측은지심을 발휘해 봐야겠다.

우리 각각의 삶 또한 메뉴와 종목 자체가 달라

뭐 하나 동등하게 비교할 수 없음에도,

나는 맛집 같은 누군가의 인생이 부럽고

금메달을 목에 건 것 같은 타인의 모습에 심술이 나곤 한다.

타인의 모습을 통해서

마스크를 쓰고 거리를 걷다가 오른편 건물에서 급하게 나오는 남자랑 눈이 마주쳤다. 그 순간 남자가 갑자기 멈춰 서서 나를 빤히 바라봤다. 1초, 2초, 3초.

"아, 씨X, 마스크!"

버럭 외치더니 다시 건물 안으로 후다닥 뛰어 들어갔다.

푸핫! 나도 모르게 웃음보가 터졌다. 습관적으로 튀어나온 욕설, 순식간에 일그러지던 표정. 나도 겪어 본 상황, 나도 아는 그 감정이라 그랬다.

마음속 한 귀퉁이에서 약간의 보람도 느꼈다. 마스크를 쓴 내가 그

아무도 관심 없는 마음이지만
—
144

시간 그 자리에 존재함으로써 그에게 몇 걸음의 수고를 덜어 주고, 몇 분이나마 시간을 절약해 줬다는 나만의 해석을 해 봤다.

마스크를 쓴 내 모습이 그가 어딘가에 두고 나온 마스크를 생각나게 한 것처럼, 우리는 잊고 있었던 중요한 것을 타인의 모습을 통해 발견한다.

비눗방울을 쫓아다니는 해맑은 아이를 스쳐 가며 '아, 순수!'

남자친구와 다정하게 통화하는 여자의 목소리를 들으며 '아, 사랑!'

펜 색깔을 바꿔 가며 열심히 밑줄 긋는 학생을 바라보며 '아, 배움!'

무거운 장바구니를 나눠 든 모녀를 보며 '아, 엄마!'

백미러에 비친 택시 기사 아저씨의 얼굴을 보다가 '아, 아빠!'

느릿느릿 걸음을 옮기는 노인의 뒷모습에 '아, 인생!'

차가 막힐 때, 지하철에 빈자리가 없을 때, 맛집 앞에서 줄을 서서 기다릴 때… '이 세상엔 사람들이 왜 이렇게 많을까? 지긋지긋하다' 불평하곤 한다. 그러다 '혹시 다른 사람들도 내가 지겨울까?' 하는 생각에 이르면 괜스레 울적해진다.

사람이 귀찮으면서도 사람이 필요하다. 아무 관계도 없는 사람들인데도 나의 삶에 지대한 영향을 끼친다. 존재 자체로 무엇인가를 말하고 있다.

나는 무엇이든 쉽게 까먹고 무시해 버리는 어리석은 인간이라 이토록 많은 사람 속에서 살고 있는 건지도 모른다.

사람들 한 명 한 명이 나에게 중요한 무엇인가를 상기시켜 주는 소중한 단서다. 나 또한 누군가에게 가족, 친구, 미소, 약속과 같은 의미 있는 것들을 기억나게 해 주는 암시가 아닐까.

사람들 한 명 한 명이 나에게
중요한 무엇인가를 상기시켜 주는 소중한 단서다.
나 또한 누군가에게
가족, 친구, 미소, 약속과 같은 의미 있는 것들을
기억나게 해 주는 암시가 아닐까.

모진 말에도 흔들리지 않는 마음

소설가 마크 트웨인은 "나는 칭찬 한마디로 두 달을 버틸 수 있다"는 말을 남겼다. 한 인간이 칭찬을 되새김질하면서 60일은 너끈히 행복하게 지낼 수 있다는 것이다.

반대의 경우는 어떨까? "나는 비판 한마디에 두 달을 아파한다" 정도로 말해 볼 수 있을 것 같다. 애석하게도, 비판은 칭찬보다 강력해서 지속 기간이 더 길다. 부정적인 판단의 언어는 누군가의 두 달, 아니 이 년 혹은 이십 년을 망쳐 버릴 수 있다.

중학교 1학년 때 방아 찧는 달 토끼의 유래에 대한 동화를 창작하는 숙제가 있었는데, 이야기를 내 마음대로 지어내는 재미에 시간 가는 줄도 모르고 밤을 꼬박 샜다. 잠을 자지 못했는데도 나만의 이야기를 하나 완성했다는 뿌듯함에 기분이 상쾌했다.

얼마 후, 글짓기 상을 몇 개 받으면서 자신감이 붙은 나는 할머니에게 처음으로 "난 작가가 되고 싶어"라고 꿈을 공개했다. 할머니는 대뜸 "작가는 힘들고 머리 아픈 일이다. 네 글을 읽어 봤는데 너만큼 쓰는 애는 널렸다"고 단호하게 내 꿈을 싹둑 잘라 버리려고 했다.

너무 부끄럽고 주눅이 들어서 한마디 반박도 못했다. 난 글을 쓰면 힘들고 머리가 아프기는커녕 오히려 힘이 나고 즐겁다고, 난 작가가 되고 싶은 것이지 반드시 1등 작가가 돼야겠다는 생각은 안 해 봤다고 또박또박 말하지 못한 게 계속 후회가 됐다.

할머니의 말이 얼마나 상처가 됐던지, 성인이 된 이후에도 가끔씩 그 순간이 떠오르면 심장이 뜀박질하듯 뛰었다. 이미 돌아가신 할머니를 꿈에라도 소환해서 사과를 받아 내고 싶었다.

비판 한마디를 털어 내지 못해 오랜 기간을 시달렸다. 날카로운 언어가 남긴 상처를 덮고 싸매는 데에는 몇 배나 많은 양의 격려와 칭찬이 필요하다는 걸 깨달았다.

실제로 해 보니 할머니의 말처럼 창작은 힘들고 머리 아픈 일이 맞았고, 나만큼 쓰는 사람이 널린 것도 맞았지만, 그런 팩트에 상관없이 난 글을 쓰고 있으며 앞으로도 쓸 계획이다. 할머니는 꿈도 꾸지 말라 했지만, 난 어쨌든 내 꿈을 살아가고 있다.

가슴 한구석에 송곳처럼 박힌 비판이 자꾸 생각나 괴롭다면, 그건 정상이니까 억지로 잊으려 노력하지 않아도 된다.

다만 수개월, 수년 전 마음에 난 상처 위에 깨끗하고 보드라운 말을 자주 덧발라 주고, 타인의 판단으로 오염되지 않은 당신만의 꿈을 계속 꾸며 그 꿈처럼 살아야 한다.

모진 말에 흔들리지 않는 단단한 마음은 '계속하는 마음'이다.

그렇게 우리는 매일, 점점, 꾸준히, 더 튼튼해지고 강해져 간다.

마음에 난 상처 위에
깨끗하고 보드라운 말을 자주 덧발라 주고,
타인의 판단으로 오염되지 않은
당신만의 꿈을 계속 꾸며
그 꿈처럼 살아야 한다.

모진 말에도 흔들리지 않는 마음은

'계속하는 마음'이다.

조용히 조심히 산다

혼자 사는 여자로서 내가 무서워하는 것은 '어둠'과 '소리'이다.

어둠 속에 누군가 혹은 무엇인가가 있을지도 모른다는 막연한 두려움을 느낀다. 집 앞 계단 비상등이 켜질 때까지, 집에 들어가 불을 켜고 모든 것이 내가 나갈 때와 동일한 모습인 걸 확인할 때까지 나도 모르게 긴장을 한다.

소리에도 자연히 민감할 수밖에 없다. 옆집 사람들의 발소리에도, 바깥에서 차 문을 쾅 닫는 소리에도 심장이 쿵쾅거린다.

어느 날 갑작스럽게 현관문을 두드리는 소리가 나기라도 하면 소스라치게 놀란다. '택배 기사이거나 검침원이겠지' 하는 느긋한 생각은 전혀 떠오르지 않고 왜 덜컥 겁부터 집어먹는지 모르겠다.

집에 혼자 있건 손님과 함께 있건 상관없이 배달 음식도 잘 시켜 먹지 않는다. 조용히 조심히 산다. 아무 일도 일어나지 않고, 아무 소리도 나지 않길 바라면서.

자취하는 남자들도 이런 두려움을 느끼며 사는지 궁금하다. 내가 심신이 유약한 탓도 있겠지만, 역사와 사회 속에서 여성으로서 저절로 학습해 온 두려움도 분명 있는 것 같다.

"성범죄자가 노리는 여자는, 짧은 옷을 입은 여자도 아니고 마른 여자도 아니고 힘없이 걸어가는 여자"라는 소리를 어디선가 들은 후론, 밤거리를 걸을 땐 의식적으로 어깨를 펴고 힘차게 걷는다.

취객이나 노숙자나 떼를 지어 다니는 남자들이나 불량 청소년들이 보이면, 그들이 멀어질 때까지 기다리거나 아예 다른 길로 간다. 집에 들어갈 때까지 친구와 통화를 하거나, 그러지 못할 경우엔 열쇠나 핸드폰을 주먹에 꼭 쥐고 언제든 누가 공격하면 곧바로 내리찍을 각오를 한다.

매일 밤 혼자서 액션, 추리, 스릴러를 찍는다. 피곤하다. 다른 나라들에 비해 한국은 안전한 나라임에 틀림이 없지만, 그런 평균치에 내 안전이 보장되는 건 아니다.

아침에 집을 나설 때의 모습으로 저녁에 귀가하는 일상, 몸과 마음을 온전히 유지하며 사는 하루하루를 갈망한다. 오늘 밤도 긴장과 두려움은 다 벗어 놓은 채, 깊고 평화로운 잠을 자고 싶다.

오늘밤도 긴장과 두려움은 다 벗어 놓은 채,
깊고 평화로운 잠을 자고 싶다.

3장

시도 때도 없이

마음을
먹다

떡국은 새해 아침에 먹고,

비타민은 하루에 한 번 챙겨 먹지만,

마음은 시도 때도 없이 먹는다.

'할 수 있다'는 다부진 마음은 살포시 숟가락에 얹고,

'나 따위가 뭘…' 하는 시든 마음은 가차 없이 골라내 버린다.

깨끗하고 신선한 과일을 한입 베어 물듯

따뜻하고 맛있는 마음을 골고루 먹는다.

순수하고 활기찬 마음을 꼭꼭 씹어 먹는다.

내 영혼이 아프거나 허기질 땐,

독이 든 마음을 먹지는 않았는지

부실하고 약한 마음을 먹지는 않았는지 살펴본다.

다시, 마음을 위한 건강한 식단을 짜 본다.

계획대로 되지 않아서 좋은 점

원래 가려고 했던 카레집이 문을 닫아서 아쉬운 대로 다른 식당을 찾아 돌아다녔다. 건강식을 팔 것 같은 느낌을 주는 식당에 들어갔는데 마침 카레집이었다. 기대 이상으로 맛있었다. 카레와 밥 리필이 가능하다기에 에비 카레를 리필해 한 끼를 든든히 먹었다.

차선의 선택이었으나 만족스러운 식사였다. 내 계획대로 첫 번째 선택지에서 식사를 했더라도 좋았을 거다. 그러나 그 식당이 문을 열지 않은 덕분에 나는 또 다른 카레 맛집을 발견하게 됐다. 계획대로 되지 않아서 덕을 본 것이다.

밥 한 끼 먹는 것도 내 계획대로 되지 않으면 살짝 신경질이 난다. 하물며 진로나 대인관계가 예상과 다르게 흘러갈 때 받는 스트레스와 압박감은 실로 엄청나다.

돌이켜 보면 나는 종종 내 계획에 없던 일을 하기도 했고, 상상도 못한 사람들과 얽히기도 했다. 참 신기하게도 그런 차선의 선택지에서 꽤나 근사한 경험을 얻었다. 역시 인생은 다 살아 보기 전까지는 절대 함부로 결론지을 수 없나 보다.

지금 내가 어쩔 수 없이 오게 된 것 같은 자리, 어쩌다 만나게 된 것 같은 사람들이 내 인생에 꼭 필요한 톱니바퀴일지도 모른다.

계획대로 되지 않을 때, 섣불리 '망했다'는 말을 하지 않기로 결심해 본다. 계획이 엇나간 곳에서도 멋지고 좋은 일은 얼마든지 일어날 수 있으니까.

"괜찮다. 잘됐다. 망한 게 아니다. 아직 끝이 아니다."

차선의 선택이었으나 만족스러웠다.
계획대로 되지 않아서 덕을 본 것이다.

지금 내가 어쩔 수 없이 오게 된 것 같은 자리,

어쩌다 만나게 된 것 같은 사람들이

내 인생에 꼭 필요한 톱니바퀴일지도 모른다.

사랑해서 헤어진다는 진심

신혼집에 티브이와 소파를 절대 놓지 않겠다고 선언했다. 대신 그 자리에 식탁 겸 작업대로 사용할 큰 테이블을 놓고 싶다고 했더니, 남자친구는 잠시 갸웃하다가 좋을 대로 하라고 했다.

'좋을 대로 해라…'

진짜로 내가 '좋을 대로' 한다면 당장 티브이와 소파를 들여놓는 게 맞다. '티브이, 소파 절대 불가' 규칙은 내 '좋을 대로' 결정한 게 아니라 나를 위해 '의지적으로' 선택한 것이다.

난 어릴 때부터 티브이를 아주 많이, 매우, 엄청나게 좋아했다. 티브이만 켜 놓으면, 입을 쩍 벌리고 영상 속으로 빠져들어 가 버려서 가족들이 내 입을 닫아 주기도 했다.

지금도 티브이가 있는 음식점에 가면 일행과 말도 안 하고 티브이만 뚫어져라 보곤 한다. 그래서 일부러 티브이를 등지고 앉거나 아예 벽만 보이는 구석 자리를 선호한다.

고등학교 방학 때 티브이를 보다가 밤을 샌 적이 있는데, 그때 '난 하루 종일 아무것도 안 하고 티브이만 보고 있어도 혼자 재밌게 놀 수 있는 인간이구나' 깨닫고는 왠지 무서웠다.

좋아함과 중독의 경계선에서 한쪽으로 결단을 해야 한다는 생각이 들었던 것 같다.

라면을 너무 좋아해서 라면을 사다 놓지 않으려고 한다. 마트에 가면 홀린 듯이 몇 팩을 사오긴 하지만⋯ 사오더라도 손 닿기 어려운 찬장 구석이나 신발장에 두려고 한다.

계속 노력 중이다. 나는 내가 라면을 한 번 먹기 시작하면 며칠 동안 연달아 먹고, 삼시 세끼 라면을 먹어도 매번 라면을 처음 먹어 보는 사람처럼 맛있게 먹을 수 있다는 걸 알기 때문이다.

너무 좋아하는 것들이 나를 망친다. 내가 너무 좋아하는 티브이가 책 읽고, 공부하고, 생각할 시간을 빼앗아 간다. 내가 너무 좋아하는 라면이 날 탄수화물 중독자로 만든다.

너무 좋아해서 아예 멀리하기로 결정한다. 사랑해서 헤어진다. 나를 사랑하기 위해서 내가 좋아하는 것들과 헤어진다.

너무 좋아하는 것들이 나를 망친다.

너무 좋아해서 아예 멀리하기로 결정한다.
사랑해서 헤어진다. 나를 사랑하기 위해서
내가 좋아하는 것들과 헤어진다.

파트타임이 될 수 없는 풀타임 인생

"인생은 풀타임 직장이다(Life is a full-time job)."

−아담 J. 커츠

요즘 기분이 좋지 않았다. 혼자 있으면 생각이 많아지고 우울해졌다. 밤 시간엔 거의 내 자신을 내 삶에서 로그오프 한 채로 멍하게 지냈다.

기분전환을 위해 꺼내 든 책에서 '인생은 풀타임 직장이다'라는 글귀를 발견했다. 너무 맞는 말이라 짜증이 나면서도 위로가 됐다.

'그렇지. 인생은 풀타임이지. 파트타임으로 적당히 살 순 없지. 때려치우고 싶고 로그오프 하고 싶어도, 난 종신계약 정규직(full-timer)이니까. 진상 손님 출몰하는 시간을 피해서 파트타임 하는 잔꾀는 부릴 수 없지. 내 삶에 일어나는 모든 일과 마주하는 모든 사람, 좋든 싫든 내가 상대해 줘야지.'

인생이 원래 좀 하드한 거다. 그래도 어떻게든 버티면 또 살아진다.

옆 사람 어깨도 빌리고 농담도 주고받으면서 하루를 넘기고, 작은 일에 화내고 울었다가 그보다 더 작은 일에 기뻐하고 감사하면서 한 주를 이겨 내고 그렇게 한 달, 일 년을 지내면 된다.

도망가지 말고, 가늘고 길게 풀타임으로 죽을 때까지 근속해야지!

그렇지. 인생은 풀타임이지.
파트타임으로 적당히 살 순 없지.

아무도 관심 없는 마음이지만

질문이 많은 아이, 질문이 없는 어른

서점에서 만나는 가장 아름다운 풍경은 아이에게 책을 읽어 주는 엄마의 모습이다. 이날은 운이 좋게도 책 읽는 모자의 옆자리에 앉게 돼 책 읽어 주는 엄마의 목소리와 유치원생 아이의 반응까지 들을 수 있었다.

엄마가 한 줄을 읽으면 아이는 질문을 다섯 개 정도 했다.

"얘는 왜 계속 나와? 얘는 왜 파란색이야?"

아이 엄마는 그 질문들에 하나하나 따뜻하게 답해 줬다. 이윽고 음료수와 케이크가 나오자 아이는 "이거 무슨 맛이야? 왜 과자가 올라가 있어?" 하며 또다시 질문을 쏟아 냈다. 모든 것을 질문으로 바꾸는 기계 같았다.

나는 아이들이 가진 이 엄청난 능력에 항상 놀란다. 세상 만물에 궁금증을 느끼고 그 호기심을 질문으로 던지는 본능. 어린 시절 우리 모두 갖고 있었지만 나이가 들수록 점차 잃어버리고 잊어버리고 마는 질문의 능력.

대체 나는 어디에서 질문을 잃어버린 걸까. 그 많던 호기심은 언제 누구에게 도둑맞은 걸까. 아마도 질문의 수준으로 내가 평가받을 수도 있다는 걸 깨달았을 때 나의 질문 능력치가 반토막 난 게 아닐까 싶다.

질문의 질이 질문자의 수준인 건 사실이다. 하지만 질문한다는 행위는 인간으로서 누리는 특권이기에 수치심이나 비교 의식으로 억압받아서는 안 된다.

질문은 '나는 이것도 모르고 저것도 헷갈리는 사람'이라고 스스로 인정하고 자신의 수준을 남에게도 공개하는 일이므로, 순수하고 용감한 자만이 할 수 있다. 무식을 드러내는 도구가 아니라 겸손을 보여 주는 도구인 것이다.

'나는 겸손한가?'

'나에게 답이 없다는 걸 인정할 수 있는가?'

'나보다 내 옆에 있는 사람이 낫다는 걸 인정하고 배울 준비가 돼 있는가?'

'내 수준이 드러나는 걸 무릅쓰고라도 더 발전하고 싶은 갈망이 있는가?'

아이가 쉴 새 없이 질문할 수 있는 비결은, 정확히 말하자면 그 아이의 똑똑함이 아니라 그 질문에 끝없이 답을 해 주는 상대의 능력에 있다.

아이의 질문을 조롱하거나 무시하지 않고 들어 주는 아량과 아이의 눈높이에 맞춰서 이해시켜 주는 탁월함이 아이의 질문 엔진을 작동시키는 것이다.

'나는 타인의 질문을 잘 받아 주는 사람인가?'

'내 앞에선 꼭 정답을 말해야 할 것 같은 인상을 주고 있진 않은가?'

'거만한 태도로 남의 질문을 막고 있진 않은가?'

'어려운 것을 쉽게 설명할 수 있는 지혜와 능력이 있는가?'

'기꺼이 머리와 마음으로 수고할 의향이 있는가?'

솔직하고 겸손하게 질문하며, 솔직하고 겸손하게 답하는 사람이 되고 싶다.

나에게 답이 없다는 걸 인정할 수 있는가?

내 옆 사람의 실력을 인정하고 배울 의지가 있는가?

나는 타인의 질문을 잘 받아 주는 사람인가?

거만한 태도로 남의 질문을 가로막고 있진 않은가?

내장의 아름다움을 위하여

지난 일주일간 허리 통증이 점점 심해져서 결국 가까운 정형외과를 찾았다. 엑스레이를 찍고 진찰을 받는데, 의사는 4, 5번 척추에 지속적인 무리가 가면서 디스크가 좁아진 거라고 했다. 척추가 오른쪽으로 살짝 휘어진 게 내 눈에도 확연히 보였다.

"무리하시면 안 되고요, 며칠 사이에 잘못해서 삐끗하면 몇 주간 걷지 못할 수도 있어요."

그리곤 예전에도 이런 적이 있었냐고 몇 번이나 물어봤다. 아무리 생각해도 이런 적은 처음이라고 대답했다. "이게 시작일 수도 있어요"라는 말이 나올까 봐 초조했다.

물리치료를 받으니 통증이 완화됐다. 처방전을 보니 리스트에 약이 세 개밖에 없어서 기분이 좋았다.

'아프긴 하지만 대빵 많이 아픈 건 아니야. 이제는 건강해질 일밖엔 없어.'

긍정 에너지가 내 생각을 잘 지켜 줬다. 어디가 왜 아픈지 알게 된 것만으로도 감사했다.

"증명사진보다 엑스레이 사진이 아름다운 사람이 되십시오."

방금 전에 보고 나온 내 엑스레이 사진이 그리 예쁘지 않아서였을까. 집에 가는 길, 예전에 강연에서 들었던 뽀빠이 아저씨 이상용 씨의 말이 생각났다.

나에게 좀 더 책임감 있는 사람이 되어야겠다고, 4, 5번 척추를 도와줘야겠다고, 휘어진 허리를 펴 줘야겠다고 다짐했다.

'얼굴보다는 뼈와 내장이 아름다운 인간이 되어야지. 물론 얼굴도 아름답고 싶지만.'

'백 세 인생' 언제까지 함께할지는 살아 봐야 알겠지만, 내 평생 떨어져 지낼 수 없는 필연적인 단짝, 내 육체를 잘 돌봐 줘야겠다.

나에게 좀 더 책임감 있는 사람이 되어야겠다고 다짐했다.

내 평생 떨어져 지낼 수 없는 필연적인 단짝,

내 육체를 잘 돌봐 줘야겠다.

잘하는 기쁨보다 자라는 기쁨

나는 할머니에게 시계 보는 법을 배웠다. 성남 모란 시장 어귀의 허름한 한의원 물리치료실, 할머니는 적외선 치료기의 빨간 불빛 아래 누워 침을 맞고 난 그 머리맡에 앉아 할머니의 무릎에서 흔들거리는 침 바늘을 바라보고 있었다.

내가 지루해 보였는지 할머니는 치료실 한쪽의 커다란 벽시계를 가리키며 시계 보는 법을 가르쳐 주겠다고 하셨다.

"긴 막대기는 분침, 짧은 막대기는 시침. 긴 막대기가 한 바퀴 돌아서 '12'에 오면 짧은 막대기는 한 칸 움직인다. 그게 1시간이다."

할머니가 엎드려 부항을 맞을 때쯤, 시와 분의 개념을 깨쳤다. 긴 막대기가 '6'에 있으면 30분… '9'에 있으면 45분…. 분의 움직임에 익숙해지기까지는 시간이 좀 더 걸렸다. 그 이후엔 실전.

"자, 그래서 지금이 몇 시니?"

"… 5시 30분?"

"그래! 맞다! 시계는 그렇게 보는 거다."

2-1번 버스를 타고 집으로 돌아가는 길, 등 뒤로 멀어지는 모란 시장과 푸르스름한 저녁 하늘이 왠지 새롭게 보였던 것 같다. 마음 한 구석이 간질거리면서 웃음이 나왔던 것 같기도 하다.

이후 며칠 동안은 어딜 가든 시계를 찾으려고 눈을 요리조리 굴리며, 시계가 보이는 족족 "할머니, 지금은 3시 40분이지!" 하는 식으로 재잘거렸다.

시계 보는 법을 배운 그날, 나는 어른들만 공유하는 큰 비밀을 나도 알게 된 것 같아 몹시 들떴고 순식간에 키가 한 뼘 자란 느낌이었다. 그 뿌듯하고 자랑스러웠던 감정이 아직도 생생하다.

무기력하고 지친 성인들이 새로운 취미를 만들고, 눈높이나 구몬 학습지를 풀며 삶의 돌파구를 찾곤 한다. 시계 보는 법을 깨친 꼬마가 누리는 자긍심이 어른들에게도 필요한 거다.

잘하는 기쁨보다 자라는 기쁨이 더 소중하고 강력하다. 나와 당신은 지금도 성장 가능한 어른이다. 잊지 말자, 우리 삶의 성장판은 아직 활짝 열려 있다.

잘하는 기쁨보다 자라는 기쁨이 더 소중하고 강력하다.

나와 당신은 지금도 성장 가능한 어른이다.

잊지 말자, 우리 삶의 성장판은 아직 활짝 열려 있다.

꽃잎 하나가 떨어지네

꽃잎 하나가 떨어지네

어, 다시 올라가네

나비였네!

-모리다케

제일 좋아하는 하이쿠다.

나는 이 시 속에서 숲속을 거니는 시인을 만난다. 그는 소담하게 핀 한 송이 꽃 앞에서 발걸음을 멈추고, 허리를 숙여 다가간다.

문득 산들바람이 불어와 꽃을 흔들고, 꽃잎 하나가 힘없이 떨어진다.

'꽃잎이 떨어지네…'

시인은 못내 아쉽다.

바로 그 순간, 낙하하던 꽃잎이 다시 떠오른다.

'어, 다시 올라가네?'

시인의 눈이 반짝거린다.

꽃잎은 한껏 날아오르더니 나풀거리며 이내 꽃잎 사이를 파고든다.

'나비였네!'

시인이 미소 짓는다.

아름다운 반전에 나도 시인을 따라 배시시 웃음이 난다.

꽃잎이 떨어지는 것처럼 보인 그 순간, 곧바로 뒤돌아서지 않은 시인에게 고맙다. 그가 금세 실망해 발길을 돌렸다면 어떻게 되었을까.

시인이 그 자리에서 조금 더 머문 덕분에 나비는 떨어지는 꽃잎이라는 오해를 받지 않게 되었을 뿐만 아니라, 이 아름다운 시의 주인공이 되었다.

나비를 떨어지는 꽃잎으로 착각한 시인처럼 우리도 가끔 비슷한 실수를 한다.

오랜 꿈이, 사랑하는 이들이, 내 자신이 추락하는 것처럼 보일 때,
우리, 너무 금방 포기하고 떠나 버리지는 않기로 약속하자.
땅에 떨어져 짓밟힐 죽은 꽃잎이 아니라
자유롭게 세상을 여행하는 나비일지도 모르니까.

'이젠 글렀어.'

'우리 집은 이제 끝이야.'

'난 아무리 해도 안 돼.'

소망이 바닥날 때, 잠깐 숨을 가다듬고 이 시를 읊어 보면 어떨까.

'꽃잎이 떨어지네… 어, 다시 떠오르네? 나비였네!'

오랜 꿈이, 사랑하는 이들이, 내 자신이 추락하는 것처럼 보일 때,
우리, 너무 금방 포기하고 떠나 버리지는 않기로 약속하자.

땅에 떨어져 짓밟힐 죽은 꽃잎이 아니라 자유롭게 세상을 여행하
는 나비일지도 모르니까.

나비를 떨어지는 꽃잎으로 착각한 시인처럼
우리도 가끔 비슷한 실수를 한다.
'난 아무리 해도 안 돼.'

소망이 바닥날 때, 잠깐 숨을 가다듬고,
이 시를 읊어 보면 어떨까.

꽃잎 하나가 떨어지네

어, 다시 올라가네

나비였네!

시간이 흐른 뒤에 보이는 젊음

지하철에서 화장도 하지 않고 염색도 하지 않고 교복도 줄이지 않은 여고생을 봤다. 내 맞은편에 앉아 있었는데 나도 모르게 계속 쳐다봤다.

있는 그대로의 모습, 자연스러움이 예뻤다. 입술에 빨간 틴트를 바르고 갈색 머리에 핫팬츠 수준으로 줄인 교복 치마를 입은 학생들만 보다가, 수수하고 풋풋한 인상의 학생을 보니 반가웠다.

'아, 그렇지. 로션에 챕스틱만 발라도 충분히 귀엽고 사랑스러운 때지.'

그 학생에게 다가가서 말해 주고 싶었다. 알려 주고 싶었다. 지금

그대로가 너무 예쁘다고.

중고생들이 예뻐 보이면 나이가 든 거라던데, 확실히 삼십 대가 되니 어린애들의 변성기나 여드름 따위에서도 아름다움을 느낀다.

버스나 지하철에 아이들이 우르르 몰려 탈 때나 분식집 옆자리에 중고생이 앉을 때면, 그들을 물끄러미 보다가 피식 웃음이 나온다. 정말 좋을 때다.

"젊은 날엔 젊음을 모르고 사랑할 땐 사랑이 보이지 않았네. 하지만 이제 뒤돌아보니 우린 젊고 서로 사랑을 했구나."

〈언젠가는〉의 가사가 떠오른다. 나도 분명히 겪어 본 나이인데, 그땐 내 존재 자체가 경이롭고 대단하다는 사실을 몰랐다. 젊음은 시간이 흐르고 뒤돌아볼 때 비로소 보인다는 가사의 내용에 절로 고개가 끄덕여진다.

지금 나는 내 젊음을 보지 못하며 살고 있는 게 아닐까. 가끔은 미래의 내가 돼 오늘의 나를 바라봐 줘야겠다.

내가 지하철에서 그 소녀에게 다가가 예쁘다고 말해 주고 싶었던 것처럼… 미래의 나는 지금의 나에게 "너 참 예쁘다"라고 말해 주고 싶지 않을까.

그러니 오늘 내가 뿜어내고 있는 아름다운 젊음을 무시하거나 하찮게 여기지 말자. 다른 누군가가 되려고 하지도 말자. 내가 나인 것에 감사하자.

내가 지하철에서 그 소녀에게 다가가
예쁘다고 말해 주고 싶었던 것처럼…
미래의 나는 지금 나에게
"너 참 예쁘다"라고 말해 주고 싶지 않을까.

최고의 것을 선택하기

퇴근길에 샌들 밑창이 떨어졌다. 비 오는 한남동 언덕길을 오르락 내리락한 탓인지, 버스에 타려고 발을 올리는 순간 밑창과 끈이 분리돼 버렸다.

버스 정류장에서 집까지 10분이면 도착할 거리를 너덜너덜해진 샌들을 질질 끌며 20분이나 걸었다. 구정물에 발이 젖고, 행인들이 내 이상한 걸음걸이를 곁눈질하는 게 느껴졌지만, 샌들이 망가져 버린 게 속상하긴커녕 오히려 후련했다.

이 년 전 여름, 급하게 오른 여행길에 샌들 하나는 필요할 것 같아 아무 가게나 들어가서 급하게 사서 나온 녀석이었다.

끈이 두꺼운 핑크색 통굽 샌들. 난 원래 통굽을 좋아하지 않고, 끈이 두꺼우면 투박해 보여서 싫어한다.

그 시간에 그 가격에 그곳에서 살 수 있는 것 중에 그나마 제일 나은 걸 골랐을 뿐이었다. '나중에 마음에 드는 걸로 새로 사야지' 했는데, 쇼핑하는 게 귀찮아서 차일피일 미루다 계절이 바뀌고 그렇게 두 해를 이 샌들과 보냈다.

매번 꺼내 신을 때마다 '이 샌들은 참 나랑 안 어울려' 생각했는데, 샌들에 그런 마음이 전달됐는지 오늘 밤 어이없게 갑자기 밑창이 쩍 떨어진 거다.

밑창 나간 샌들을 속 시원하게 버리면서 내가 그동안 참 미련했다는 생각이 들었다. 그렇게 좋아하지도 않으면서 어떻게 이 년 동안 계속 신고 다닌 건지….

우유부단한 성격이라 물건과도 맺고 끊음이 어려운가 보다.

누군가 인생은 '좋은 것 vs. 나쁜 것'의 싸움이 아니라 '좋은 것 vs. 최고의 것'의 싸움이라고 했다. 좋은 것과 나쁜 것 중에선 좋은 것을 선택하기 쉽지만, 좋은 것과 최고의 것 사이에선 좋은 것에 머물기 쉽다는 뜻이다.

내 눈에 예쁘진 않지만, 그럭저럭 신고 다닐 만한 샌들을 과감하게 버리지 못하고, 지난 두 번의 여름을 그저 그런 기분으로 외출했던 나, 최고를 추구하지 않았던 태도를 반성해 본다.

그럭저럭 괜찮은 것을 버려야 최고의 것을 찾아 나설 이유가 생긴다. 더 이상 차선을 선택하지 않겠다. 아무거나 되는대로 고르지 않겠다.

내년 여름엔 정말이지 내 마음에 쏙 들고 나에게 잘 어울리는 더 베스트 샌들을 찾아내리라 다짐해 본다.

더 이상 차선을 선택하지 않겠다.
아무거나 되는대로 고르지 않겠다.

선한 이웃으로 산다는 건

신문 기사를 읽다 보면 영화나 드라마 속 가공된 이야기보다 더 강렬한 실화를 만나게 된다. 몇 해 전에 읽었는데도 여전히 내 마음을 울컥하게 만들고, 삶을 되돌아보게 해 주는 이야기가 하나 있다.

어느 깊은 밤, 중국의 한 청년이 운전해서 고향 집으로 가고 있었다. 그런데 창밖에 어둑한 수풀 사이에서 피범벅이 된 채 아파하는 사람이 보였다. 청년은 잠시 고민하다가 집에 빨리 가고 싶은 마음에 그 사람을 못 본 척하고 지나쳤다.

이윽고 집에 도착한 청년은 뭔가 이상하다고 느꼈다. 언제나 반갑

게 맞아 주시던 어머니가 집에 계시지 않았던 것이다.

그때 청년의 뇌리를 스쳐가는 한 장면, 수풀 속을 피범벅이 된 채로 나뒹굴던 사람. 그는 바로… 아들을 마중 나왔다가 뺑소니를 당해 신음하던 그 청년의 어머니였던 것이다.

청년은 뒤늦게 사고 현장으로 돌아갔지만 어머니는 이미 돌아가신 상태였다.

제발 누가 지어낸 이야기였으면 하는 비극이다. 기사는 단순하게 팩트만을 전해 줬지만, 그 청년이 느꼈을 그리고 어쩌면 지금도 느끼고 있을 후회와 죄책감이 나에게까지 전해지는 것 같았다.

아마도 그 청년은 매일 수십 번씩 머릿속으로 그날 밤으로 다시 돌아가리라…. 그 상상 속에서 그는 한 치의 망설임도 없이 길가에 차를 세우고, 수풀에서 신음하는 사람을 들쳐 업고 병원으로 향할 것이다. 어머니는 몇 주 후 쾌유하시고, 명절마다 아들이 좋아하는 반찬을 잔뜩 해 놓고 집에서 기다리신다. 청년은 어머니가 차려 주신 밥을 맛있게 먹고, 작은 선물에 기뻐하는 어머니의 미소를 보며 행복해한다. 그러다가 이 모든 것이 더 이상 누릴 수 없는 행복임을 깨닫고는 절규할 것이다.

고등학생 시절, 하굣길에 소방차 한 대가 사이렌을 크게 울리며 내 옆을 지나갔다. 그런데 다시 보니, 그 소방차가 우리 집 방향으로 가는 게 아닌가? 갑자기 심장이 쿵 하고 내려앉는 것 같았다. 순간, 온갖 두려운 생각에 사로잡혔다.

'불이 난 건가?'

'가족이 다친 건가?'

우리 가족을 지켜 달라는 기도가 저절로 나왔다. 결국 그 소방차가 도착한 곳은 우리 집이 아니라 다른 동네였지만, 그 사건 이후 나에겐 한 가지 습관이 생겼다. 사이렌 소리가 들리면 무조건 기도하는 것이다.

"저 소방차와 구급차가 어디로 누구를 향해 가는지 저는 알 수 없지만, 그곳에서 꼭 생명을 구할 수 있게 해 주세요. 가는 길에 사고가 나지 않게 해 주세요. 빨리 목적지에 도착할 수 있게 해 주세요."

'혹시나 내가 아는 사람이 아픈 거면 어쩌지' 하는 생각까지 들면, 더욱 간절하게 마음속으로 하나님을 외치곤 한다.

선한 이웃이 된다는 건, 나 그리고 나의 소중한 사람이 언제든지 피해자가 될 수 있음을 인정할 때 가능해진다.

수풀 속에서 신음하는 사람이 내 어머니일 수도 있고, 소방차가 향하는 곳이 내 가족, 내 친구의 집일 수도 있다는 것을 기억할 때, 우리는 이기심을 버리고 선한 용기를 낼 수 있다.

그것은 짧은 기도 한마디일 수 있고, 단순한 신고 전화 한 통일 수 있다. 도로에서 소방차의 길을 비켜 주는 일이거나, 인공호흡 또는 헌혈일 수 있다.

나와 당신이 더 이상 서로를 외면하지 않았으면… 냉정해지지 않았으면… 좋겠다.

선한 이웃이 된다는 건
나 그리고 나의 소중한 사람이
언제든지 피해자가 될 수 있다는 사실을
인정할 때 가능해진다.

나와 당신이 더 이상 서로를
외면하지 않았으면… 좋겠다.

누굴 위한 산책이었을까

누워서 생각을 하다 보면 쉬이 우울해지지만, 걸으면서 생각을 하면 왠지 모르게 마음이 정돈되고 평온해진다. 마음이 헛헛해지려 할 때면 얼른 일어나 산책을 나가곤 한다.

그날따라 왠지 아주 천천히 걷고 싶었다. 버스를 놓칠까 봐, 내 눈앞에서 지하철 문이 닫힐까 봐, 신호등이 빨간불로 바뀔까 봐, 나는 매일 종종걸음으로 내 자신을 재촉하니까. 산책만큼은 결단코 느릿하게 하리라 마음먹었다.

그런데 막상 산책로에서 나보다 빠른 걸음으로 걷는 사람들이 스쳐 가자, 괜스레 '나도 속도를 높여 볼까' 하는 생각이 들었다.

나는 아직 한 바퀴도 못 걸었는데 아까 나를 지나쳤던 조깅녀가 벌써 한 바퀴를 다 돌고 반대 방향에서 또 나를 스치고 지나갔을 때, 내 목표는 '천천히 걷기'였음에도 뭔가를 제대로 수행하지 못한 기분이 들어 찝찝해졌다.

쉬러 나간 산책로에서조차 누군가와 자꾸 비교하고 경쟁하는 나를 발견했다.

내 발, 내 호흡이 아닌 다른 사람의 발과 호흡을 느끼는 산책은 과연 나의 것일까. 내 걸음의 수보다 타인이 몇 바퀴를 도는지 헤아리고 있다면, 그건 누굴 위한 산책일까.

내 자신과의 약속, 내 스스로 정한 목표에 집중하며 나의 속도를 유지하고 싶다. 나의 산책, 나의 삶을 살고 싶다.

나의 산책, 나의 삶을 살고 싶다.

보물찾기하듯 산다면

기대하는 만큼 실망도 크다며 모든 일에 덤덤해지라는 사람도 있지만, 나는 그래도 기대하며 사는 삶이 더 좋은 것 같다. 기대하는 마음을 잘만 사용하면 하루하루를 보물찾기하듯 살 수 있기 때문이다.

어린 시절 소풍날 했던 보물찾기를 떠올려 본다. 김밥을 다 먹고 나면, 선생님은 우리를 숲속으로 부르셨다.

"이 숲속에 보물 쪽지를 숨겨 놨어. 자, 어서 가서 찾아봐!"

선생님의 말씀이 끝나기가 무섭게 우리는 우르르 숲으로 뛰어 들어갔다. 난 그 순간 신기한 경험을 했다.

분명히 김밥을 먹을 때까지는 나무는 나무, 꽃은 꽃, 풀잎은 풀잎일 뿐이었는데, 선생님이 저기에 보물을 숨겨 놨다고 하니 갑자기 모든 게 다 새롭게 보였다.

'이 숲에는 보물이 있어! 저 나뭇가지 사이에 보물이 있나? 아니면 이 꽃들 사이에? 혹시 저 풀잎 아래에 있는 게 아닐까?'

나무를 흔들어 보고, 지나쳤던 수풀도 다시 되돌아가 보고, 땅도 파 보면서 샅샅이 탐험했다. 마침내 보물 쪽지 하나를 찾아내고는 너무 신이 나 제자리에서 콩콩 뛰었다.

그날 받은 상품은 생각이 나지 않지만, 보물찾기가 시작되고 일순간 내 시야가 180도 바뀌던 그 느낌은 여전하다.

보물을 품고 있는 숲은 왠지 더 생생하고 선명하고 신비로웠다. 난 보물을 찾을 수 있다는 기대감으로 숲을 향해 힘차게 달렸다.

지금도 보물찾기는 진행 중이다. 오늘 하루 속에도 보물은 넉넉히 감춰져 있다. 그 보물은 '기회'라는 모습을 한 채, 의외로 발견되기 쉬운 곳에 숨어 있다.

배울 수 있는 기회, 도울 수 있는 기회, 칭찬할 수 있는 기회, 사과할 수 있는 기회. 기대하는 마음은 이런 기회들을 환영하고 꼭 붙잡는다.

보물을 품고 있는 숲은

왠지 더 생생하고 선명하고 신비로웠다.

지금도 보물찾기는 진행 중이다.

오늘 하루 속에도 보물은 넉넉히 감춰져 있다.

'하면 된다'는 담백한 격려

아침에 눈을 뜨면, 오늘 해야 할 일을 머릿속으로 쫙 훑는다.

'10장 분량의 글을 써야 한다.'

'화요일이니까 쓰레기를 내다 놔야 한다.'

'은행에서 현금을 인출해야 한다.'

'인공눈물을 사야 한다.'

'세탁세제를 주문해야 한다.'

'빨래를 돌려야 한다.'

'어제 과식했으니 오늘은 일식만 해야 한다.'

해야 할 일의 리스트가 길어질수록 몸이 무거워져서 일어나기 힘들다. '해야 한다'는 말 자체가 내뿜는 긴장과 압박의 기운에 정신부터 지쳐 버리기 때문이다.

그러다 결국 '5분만 더'를 외치며 이불 속으로 다시 기어 들어가기 일쑤지만, 더 늦으면 하루 종일 시간에 쫓겨 다녀야 한다는 걸 알기에 꾸역꾸역 일어난다. 오늘 아침도 그랬다.

'오늘은 해야 할 게 많아.'

'어제도 쓸데없는 거 조사한다고 시간 낭비했잖아. 오늘은 기필코 생산적으로 살아야 해!'

눈 뜨자마자 시작된 내적갈등, 아침부터 내 자신에게 협박하고 겁주고 닦달하는 내가 보였다.

'내가 나한테 이렇게 쏘아붙여도 되는 거야?'

문득 내가 사용하고 있는 '해야 한다'라는 말이 지나치다는 생각이 들었다. 그리고는 '무엇을 해야 한다'라는 말을 '무엇을 하면 된다'고 바꿔 봤다.

'오늘은 작업 시간에 최선을 다하면 된다.'

'물을 더 자주 마시면 된다.'

'메일에 답장을 보내면 된다.'

'페이를 주지 않고 있는 광고대행사에 전화를 하면 된다.'

'안부 카톡을 남기면 된다.'

하루 동안 내게 주어진 과제를 나열한다는 점은 같았지만, '하면 된다'라는 말이 '해야 한다'는 말보다 훨씬 듣기 편했다.

심지어 기분이 좋아지고 힘이 나는 것 같았다. 특히 '된다'에 밑줄을 긋는다는 느낌으로 '된다!' 하고 외쳐 보니 효과가 배가 됐다.

'오늘은 작업 시간에 최선을 다해야 해'는 '그렇게 하지 못하면… 넌 작가로서 인정받을 수 없어'라는 으름장에 가깝지만, '오늘은 작업 시간에 최선을 다하면 된다'는 '그거면 돼. 그걸로 충분해. 그러니까 해 보자'라는 담백한 격려로 다가오는 듯했다.

앞으로도 '해야 한다'를 '하면 된다'로 전환하는 연습을 해 보면 좋을 것 같다.

내 자신에게

그동안 아침부터 잠들 때까지 수시로 다그치고 재촉해서 미안해.

내 눈치 보면서 열심히 사는 티 내려고 노력한 거, 다 알아.

이제 무서운 말로 널 긴장시키지 않을게.

넌 하루하루, 차근차근히 하면 돼. 파이팅!

'오늘은 작업 시간에 최선을 다해야 해'는

'그렇게 하지 못하면… 넌 작가로서 인정받을 수 없어'라는

으름장에 가깝지만,

'오늘은 작업 시간에 최선을 다하면 된다'는

'그거면 돼. 그걸로 충분해. 그러니까 해 보자'라는

담백한 격려로 다가오는 듯했다.

과일을 먹으며 생각한 것

나는 맛있는 과일을 먹을 때, 하나님의 성실한 사랑을 느낀다.

내가 만약 신이었다면 귀찮아서 이렇게 맛도, 향도, 모양도 다른 과일들을 만들지 않았을 것 같다. 비타민 A, B, C, D, E, K에 각종 미네랄이 들어 있는 과일 하나만 만들어 놓고 내 할 일을 다했다며 손을 털어 버렸을지도 모른다.

그런데 하나님은 우리에게 먹는 행복을 주시려고 과일을 여러 종류로 열심히 창조하셨다. 알알이 주렁주렁 탐스러운 포도, 향기도 달고 맛도 단 딸기… 과일을 조금만 세심하게 관찰해 보면 그분의 사랑을 쉽게 알 수 있다.

어떤 일이나 사람 때문에 힘들어도, 몸이 아프거나 쇠약해지더라도,
나는 이 계절에 허락해 주신 맛있는 과일을 먹으면서
그분을 생각하고 싶다. 나는 그 사랑을 마음껏 먹겠다.

더 놀라운 건 과일의 씨앗이다. 열매에 담긴 씨앗을 보면 하나님의 사랑이 얼마나 크고 풍성한지 분명하게 알 수 있다. 포도 알맹이 하나에도 씨앗이 두세 개, 딸기 하나에도 족히 100개가 넘는 씨앗을 붙여 놓으셨으니 말이다.

수박, 감, 체리… 작은 열매 안에 과수원을 선물로 담아 놓으셨다. 우리가 풍족히 먹고 넉넉히 수확할 수 있도록 씨앗을 넘치게 주셨다.

그렇게 사랑하신다. 어떤 일이나 사람 때문에 힘들어도, 몸이 아프거나 쇠약해지더라도, 나는 이 계절에 허락해 주신 맛있는 과일을 먹으면서 그분을 생각하고 싶다. 나는 그 사랑을 마음껏 먹겠다. 그를 기뻐하며 살겠다.

수박, 감, 체리… 작은 열매 안에
과수원이 선물로 담겨 있다.
풍족히 먹고 넉넉히 수확할 수 있도록
씨앗이 넘치게 담겨 있다.

마지막 군고구마

겨울엔 군고구마가 보약이다. 아침저녁 칼바람에 움츠러든 몸을 스르르 녹여 주고 허한 속을 뜨끈하게 채워 준다.

군고구마를 생각할 때면, 연신내 로데오 거리에서 봉지에 넘칠 정도로 군고구마를 가득 담아 주시던 인심 좋은 군고구마 장수 아저씨의 얼굴이 함께 떠오른다.

이틀에 한 번 꼴로 군고구마를 사던 시절이었는데, 그날은 내가 마지막 손님이었다. 내 뒤에 서 있던 손님들은 아쉬워하며 돌아갔다.

난 민망하면서도 횡재한 기분으로 고구마 봉지를 받아 들었다. 그런데 그 순간, 어디선가 갑자기 술 취한 아저씨가 나타나 군고구마 통을 하나씩 열어 보며 확인하기 시작했다.

"어? 여기 있네. 여기 고구마 있네."

정말로 기다란 철통 끝에 군고구마 하나가 보였다.

"이거 내가 살게."

그러자 군고구마 아저씨가 곤란한 표정으로 답했다.

"그건 제가 내일 아침에 먹을 건데…."

"에이 뭘 아침에 먹어. 팔아, 나한테 팔아."

취객은 떼를 쓰다시피 고구마를 사겠다고 했지만, 군고구마 아저씨는 씩 웃기만 할 뿐, 끝끝내 그 고구마를 팔지 않았다.

군고구마 아저씨가 자기 몫의 고구마를 남겨 놓고 절대로 팔지 않는 괴짜 같은 모습이 웃기기도, 신기하기도 했다.

추운 겨울밤 장사를 마치고 집에 돌아가 잠시 이불에 몸을 뉘였다가, 아침에 일어나 지난밤 남겨 둔 군고구마를 먹는 것이 아저씨의 소소한 낙이었으리라 짐작해 봤다.

마지막 군고구마 하나를 사수한 뒤, 그의 얼굴에 은은히 퍼지던 만족스러운 표정이 잊히지 않는다. 군고구마를 돈과 바꾸지 않은 아저씨가 멋졌다.

군고구마를 다 팔아 돈을 버는 것도 행복이지만, 내일 아침에 먹을 군고구마를 남겨 두는 것도 행복인 것이다.

군고구마 아저씨가 필사적으로 지켜 낸 마지막 군고구마 하나에서 소중한 지혜를 배웠다.

출세에 눈이 멀어 내 몸을 혹사시켜서라도 뭔가를 이루고 싶어질 때, 돈을 좀 더 벌고 싶어 사랑하는 사람들과의 약속을 취소해 버리고 싶어질 때, 나는 마지막 군고구마를 떠올리기로 했다.

부귀영화와 바꿀 수 없는 삶의 본질을 놓치지 않고 싶다. 나의 건강과 사랑하는 사람들과의 시간을 소중하게 여기기로, 그리고 그것을 지키기 위해 단호하고 용감하게 행동하기로 다짐해 본다.

남겨 놓아야 하는 마지막 군고구마를 잊지 않는 삶.

행복을 사수하자.

군고구마를 다 팔아 돈을 버는 것도 행복이지만,
내일 아침에 먹을 군고구마를 남겨 두는 것도 행복인 것이다.

나의 건강과 사랑하는 사람들과의 시간을

소중하게 여기기로, 그리고 그것을 지키기 위해

단호하고 용감하게 행동하기로 다짐해 본다.

상냥한 이기심으로

중고생들을 가르치던 시절, 나에게 가장 어려운 수업 시간은 1교시였다.

비몽사몽, 아침잠에서 깨어나지 못한 채 겨우 몸만 의자에 붙어 있는 아이들이 안쓰러우면서도 얘네들을 어떻게 깨워서 가르쳐야 하나 고민이었다. 팔 벌려 뛰기도 시켜 보고, 나가서 물을 마시고 오라고도 하고, 아예 5분 정도 자게 내버려 두기도 했지만 효과는 미미했다.

그런 상황에서도 수업을 진행할 수 있었던 건 나의 실력이나 사명감이 아니었다. 책상에 공책과 필기구를 가지런히 놓고 나를 올려다

보던 몇몇 아이들의 맑은 눈동자… 마치 곧 시작될 영화의 첫 장면을 놓치지 않으려 자세를 바로 잡으며 눈을 크게 뜨는 관객처럼, 그들은 내 수업을 기대하고 있었다.

'오늘은 어떤 재밌는 걸 배우게 될까?' 호기심이 가득 찬 눈빛을 만나는 날이면, 다음 번 수업에 쓰려고 아껴 둔 내용까지 다 가르쳐 주곤 했다. 수업이 활기차고 재밌었다.

'나 오늘 좀 잘 가르친 것 같은데?' 하는 뿌듯함과 '내일은 더 잘 가르쳐 주고 싶다'는 의지가 불끈 솟아났다. 경험이 부족한 초보 교사라 아이들의 반응에 더 크게 영향을 받았던 것 같다.

그때 교사가 학생을 만드는 게 아니라, 학생이 교사를 만든다는 걸 깨달았다.

배우려는 열망이 있는 아이들 앞에선 내 능력의 최대치를 발휘했고, '어디 한 번 가르쳐 봐라' 하는 태도로 앉아 있는 아이들 앞에선 기가 죽었다. 그 결과, 전자들은 내가 가진 가장 좋은 것을 얻어 갔지만 후자들은 나의 극히 일부분만을 가져갔다.

상호작용은 모든 관계에서 발생한다. 무능한 윗사람 때문에 짜증이 나는가? 무시하지 말고, 신뢰의 미소를 한 번 보여 주자. 그를 대하는 당신의 태도와 마음이 그를 유능하게 만들어 줄 수도 있다. 그렇게 당신 덕분에 유능해진 그 사람은 당신에게 유익을 줄 것이다.

우리는 정말로 대단한 힘을 가지고 있다. 상대의 가능성과 잠재력을 끌어올려 주는 것이 결국엔 나에게 복으로 되돌아온다. '네가 잘돼야 내가 잘된다'는 상냥한 이기심으로 상대를 성공시켜 주자.

상대의 가능성과 잠재력을 끌어올려 주는 것이
결국엔 나에게 복으로 되돌아온다.

'나는 오늘' 일기를 썼다

초등학교 시절 '일기 쓰기'는 무진장 귀찮은 숙제였지만, 보상이 확실한 숙제이기도 했다. '참 잘했어요!'와 같은 도장을 받고 선생님의 코멘트를 보는 게 즐거웠다.

일기장을 돌려받을 때마다 '선생님께서 이번엔 어느 부분에 밑줄을 그으셨을까? 어떤 칭찬을 해 주셨을까?' 기대하며 일기장을 펼쳐 보던 기억이 난다.

그런데 어느 날 선생님께서 우리 반 아이들 대부분이 일기를 쓸 때 저지르는 실수가 있다며 공책에 코멘트를 남기는 대신 말로 한 가지를 설명해 주셨다.

"일기에는 '나는 오늘…'이라는 말은 쓸 필요가 없단다."

일기를 쓰는 사람은 언제나 '나'이고 일기를 쓰는 날은 언제나 '오늘'이기 때문에, '나는 오늘'이란 말은 불필요하다는 뜻이었다. 왠지 그 설명이 너무 명료하고 강렬해서, 그날부터 나는 선생님의 가르침에 따라 일기에 그 말은 쓰지 않으려고 노력했다.

지금도 일기를 쓸 때면 문득 선생님의 말씀이 떠오른다.

'일기를 쓰는 사람은 언제나 나이고, 일기를 쓰는 날은 언제나 오늘이다…'

자꾸 곱씹다 보니 '일기'라는 단어를 '삶'으로, '쓰다'라는 말을 '살다'로 바꿔도 좋겠다는 생각이 든다.

'삶을 사는 사람은 언제나 '나'이고, 그 삶을 사는 날은 언제나 '오늘'이다.'

그래서 내가 아닌 다른 존재로 살려고 할 때 실수를 하고, 오늘이 아닌 과거나 미래 속에서 살려고 할 때 고통스러운 것이다.

하루를 마치고 마음에 남은 것이 자격지심이나 걱정이라면… 혹 내 자신을 다른 누군가와 비교하진 않았는지, 되돌릴 수 없는 과거와

다가오지도 않은 미래를 지나치게 오래 생각하진 않았는지 자문해
볼 일이다.

　선생님은 일기장에 '나는 오늘'이라는 말을 쓰지 말라고 하셨지만,
난 일기장 한가득 '나는 오늘'이라고 채우고 싶다.

　'나는 오늘… 나로 살았나? 오늘을 살았나? 나는… 오늘…'

삶을 사는 사람은 언제나 '나'이고,
그 삶을 사는 날은 언제나 '오늘'이다.

나는 오늘…
나로 살았나? 오늘을 살았나?

멸치의 마지막 얼굴

멸치를 수북이 쌓아 놓고 하염없이 멸치 똥을 딴다. '멸치 내장'이라는 정확한 명칭과 '다듬는다'는 고상한 표현이 있지만, 왠지 '멸치 똥'을 '딴다'는 말이 입에 착 붙는다.

멸치의 가슴팍을 슬쩍 벗겨 까만 내장을 긁으면서 대가리를 꺾으면, 깔끔하게 몸통만 남는다. 녀석이 살아 있을 적엔 가장 큰 역할을 담당했을 내장과 대가리가 종국에는 가차 없이 버려진다는 게 애석하기도 하다.

계속하다 보니 속도도 붙고, 뭔가를 야무지게 해내고 있다는 느낌도 든다. 그런데… 잠깐! 한 마리가 내 바쁜 손을 멈춘다.

입을 쩍! 벌린 채 죽은 멸치다. "나 바다로 돌아갈래!", "이렇게는 못 죽어!", "억울해!" 외치다가 갑자기 죽은 것만 같다.

하나하나 찬찬히 들여다보니 멸치들의 표정이 읽힌다. 겸허하게 죽음을 받아들인 듯 입을 앙 다물고 죽은 놈, '아… 이렇게 끝나는구나' 탄식하듯이 입을 살짝 벌리고 죽은 놈, 죽기 직전까지 악다구니를 쓴 것마냥 입을 있는 대로 다 벌리고 죽은 놈….

똑같이 생긴 것 같아도 조금씩 달랐다. 같은 바다에서 헤엄치다, 같은 시간에 죽은 멸치들인데도 제각기 다른 얼굴로 죽은 것이다.

'나는 어떤 얼굴로 죽게 될까?'

멸치 똥을 따다가 이렇게 심각해져도 되는 건가 싶을 정도로 진지해진 나는, 한동안 그 물음을 마음 한구석에 가지고 다녔다.

'멸치 똥, 죽음, 최후의 얼굴….'

그러다 버스에서 멸치 똥의 실마리를 찾았다.

"이번 역은 우리 버스의 종착역입니다. 잊으신 물건은 없는지 확인하시기 바랍니다."

그렇다. 버스 종착역에선, 잊은 물건이 없는지 확인하고 내 것은 다 챙겨서 내려야 한다. 하지만 삶의 종착역에선, 모든 것은 잊고 미련

없이 남겨 두고 떠나야 한다.

'나는 어떤 얼굴로 죽게 될까?'라는 질문은 '나는 어떤 마음으로 죽게 될까?'라는 말과 같다. 나의 마지막 마음이 이번 생에 대한 집착이나 후회가 아니길 소망한다.

인생의 마지막 역에서 잊은 물건이 없나 뒤돌아보지 않고, 마지막 숨까지도 후 내뱉고, 가장 자연스러운 얼굴을 하고, 가장 평안한 마음으로 하늘로 돌아가고 싶다.

나의 마지막 마음이 이번 생에 대한
집착이나 후회가 아니길 소망한다.

배려에 대한 흔한 착각

미용실에 갈 때마다 나의 소심함을 느낀다. 내가 원하는 스타일보
단 미용사가 추천하는 스타일을 할 때가 훨씬 많고, 결과물이 만족스
럽지 않아도 속으론 '묶고 다니면 되지, 뭐' 아쉬운 위안을 하며 겉으
론 "감사합니다!" 씽긋 웃고 나온다.

특히 미용사가 머리를 감겨 줄 땐, 잔뜩 긴장한 채로 미용사의 손놀
림에 집중한다. 뒤통수에 샴푸질을 하거나 목덜미 헤어라인을 헹궈
주는 타이밍에 딱 맞게 고개를 들어 주기 위해서다.

'난 머리숱이 많아서 내가 내 머리를 감을 때도 힘든데… 미용사가
한 손으로 내 머리통을 받치려면 손목이 아플지도 몰라. 미용사는 손

목이 생명이지' 하는 생각에까지 이르면, 고개를 들어 주는 행위에 사명감까지 부여된다.

미용사의 손길이 뒷머리를 향할 때쯤, 나는 손잡이를 꼭 움켜쥐고, 복근에 힘을 빡 주고, '흡!' 고개를 바짝 든다. 그리고 다시 앞머리를 씻겨 줄 땐 천천히 고개 힘을 뺀다. 이런 긴장과 이완을 몇 번 반복하고 나면 피곤해진다.

며칠 전에도 염색을 하고 샴푸대에 누워서 언제 고개를 들까 타이밍을 기다리고 있었다. 그러다 '내가 고개를 들어 주는 게 도움이 되는 게 맞나?' 살짝 궁금해졌다.

"저기… 고개를 들어 드리는 게 도움이 되나요?"

"꼭 그렇지는 않아요. 물이 튀길 수 있으니까 그냥 편하게 계시면 돼요."

헉. 지난 십여 년간 샴푸대에서 고개 들기 타이밍을 놓치지 않으려 옴짝달싹 애썼던 나의 노력이 상대에겐 별 도움이 되지 않았다니… 충격적이었다. 그저 긴장을 풀고 가만히 누워 있으면 될 일이었다.

나의 소심한 성격을 때때로 '난 배려심이 깊고, 섬세한 사람이야'라는 식으로 포장하곤 했다. 말과 행동의 결과를 앞서 생각하고, 작은 것에도 마음을 쓰는 게 습관이 돼 있었기 때문이다.

진정한 배려는 상대가 원하고 필요로 하는 친절을 베푸는 것이다. 난 여태 내 생각과 상상의 범주 안에서 최선의 것을 주는 걸 배려라고 착각했다.

이젠 샴푸대에 누워 고개를 들었다 내렸다 하며 나 혼자만 만족하는 엉뚱한 배려는 멈추고, 미용사에게 머리를 맡긴 채 편안히 서비스를 받는 것으로 그를 배려해야겠다.

'아, 진작 물어볼 걸 그랬다.'

진정한 배려는
상대가 원하고 필요로 하는
친절을 베푸는 것이다.

단골 주인으로 살기

우리 동네 북 카페의 장점은 좋은 책이 많다는 것이다. 카페에 책 몇 권 가져다 놓고 북 카페라고 칭하는 곳이 아닌 책이 주인공이고 커피가 조연인 진짜 북 카페. 박장대소 수다 소리 대신 클래식이 잔잔히 흘러서 책 읽기 정말 좋은 공간이다.

이곳 주인장 아저씨는 독서에 최적화된 분위기가 뭔지를 아신다. 손님에게 음료를 내 주는 시간 빼고는 계속 책을 읽으시는데, 아무래도 하루 종일 책을 읽으려고 카페를 차리신 게 아닐까 싶다.

며칠 전에 〈맛있는 녀석들〉 라면 특집을 봤다. 연예인들이 전국

라면 맛집 세 곳을 돌아다니며 라면을 먹었다. 일단 내가 면을 너무 좋아하기 때문에 다양한 라면을 맛있게 먹는 모습만 봐도 재밌었다.

세 곳 모두 메뉴와 재료, 끓이는 비법이나 노하우가 제각각이었지만 사장님들에게서 한 가지 공통점을 발견할 수 있었다. 다들 라면을 너무 좋아한다는 것, 라면을 매일 먹는다는 것이었다. 이분들은 맛있는 라면을 평생 먹으려고 라면 가게를 운영하는 것 같았다.

매일 책을 읽고 싶어서 북 카페를 하는 사람, 매일 라면을 먹으려고 라면 가게를 하는 사람. 그런 사람들이 하는 곳이니까 잘되나 보다.

그 사랑이 북 카페 분위기에, 라면 국물에 스며들어 있으니까 사람들이 자꾸만 오는 거다. 사랑하면 결국엔 잘하게 돼 있다.

우리 동네 북 카페와 라면 맛집들이 사랑받는 이유는 주인들이 주인다워서가 아니라 오히려 손님다워서인 것 같다.

북 카페 사장님은 매일 아침 자신의 북 카페의 첫 손님이 돼 책을 읽고, 라면 맛집 사장님들은 하루 중 한 끼는 꼭 자기 집 라면으로 배를 채운다.

자기 가게의 가장 충성스러운 단골이 되는 것, 그게 진짜 장사 같다.

이왕이면 잘 쓰고 싶다. 따뜻하고 유쾌하고 재밌는 글을 쓰고 싶다. 타인을 감동시키기 위해서가 아니라 내 글의 첫 번째 독자인 나에게 즐거움을 안겨 주고 싶어서다.

그러다 어느 날 어느 순간에 두 번째, 세 번째 독자에게도 그 마음이 닿는다면 행복이 더해질 것이다. 그래도 평생 나의 글을 제일 먼저 읽어 줄 독자 한 명이 확보돼 있고, 그 소중한 독자가 내 편이라서 참 든든하고 감사하다.

매일 책을 읽고 싶어서 북 카페를 하는 사람,
매일 라면을 먹으려고 라면 가게를 하는 사람.
그런 사람들이 하는 곳이니까 잘되나 보다.

사랑하면 결국엔 잘하게 돼 있다.

조금은 대범하게, 조금은 뻔뻔하게

우리 학교 영화과에는 동양인이 별로 없었다. 그런데 어느 날부터 키가 엄청 큰 동양인 남자가 눈에 띄기 시작했다. 가만 보니 중국인 유학생인 것 같았다.

키 큰 중국인이니까 자동적으로 내 머릿속에서 그를 '야오밍'이라고 저장했는지, 그의 진짜 이름은 생각나지 않는다. 다만 그날 야오밍의 질문과 태도는 이따금씩 생각난다.

그날도 여느 때와 마찬가지로 교수님께서 강의를 마치며 질문이 있느냐고 물으셨다. 다들 짐 챙기기 바쁜 와중에 뜻밖에도 야오밍이

손을 번쩍 들더니, 벌떡 일어나서 질문을 하기 시작했다.

깜짝 놀랐다. 야오밍의 질문을 하나도 알아들을 수 없었다. '쟤 왜 중국어로 질문하지?' 순간 착각했을 정도로 중국어 문장에 영어 단어가 간간히 들어간 것처럼 느껴지는 억양과 문법이었다.

질문이라기보다는 지금까지 수업을 들으면서 이해가 되지 않았던 부분을 총체적으로 설명하려는 듯 두서가 없었다. 야오밍의 말이 끝나자 강의실에 정적이 흘렀다. 야오밍 빼고 그 강의실에 있던 모든 사람이 당황했다.

교수님은 래리 킹처럼 말을 잘하는 분이셨는데, 난 그분의 말문이 막힌 모습을 그날 처음 봤다. 이내 차분히 무언가를 설명하셨고 중간중간 야오밍에게 혹시 이런 부분이 헷갈린 것이냐 확인하셨다.

그날 야오밍이 꽤 멋진 녀석이라고 생각했다. 교수님의 답변을 진지하게 기다리던 그의 표정을 보면서 알 수 있었다.

'자신의 고충과 궁금증을 해결하는 게 목적이기 때문에 서툰 영어 실력은 전혀 창피해하지 않는구나.'

대범함과 뻔뻔함의 중간 지점에서 '말하는 건 내 몫이지만, 알아듣는 건 당신의 몫이야' 하는 태도가 인상적이었다.

난 상대방이 내 말을 이해하지 못하면 똑바로 이야기하지 못한 내 탓이라고 생각해 왔다.

제2외국어인 영어는 물론 모국어인 한국어로 얘기할 때조차 낯선 사람들 앞에선 조리 있게 말을 못할까 봐 아예 입을 다물고, 어떻게 말할지 머리로 시뮬레이션을 돌리다가 정작 말할 타이밍을 놓치기도 했다.

대화에도 역할 분담이 있다. 말하는 자와 듣는 자. 각자의 역할을 충실히 할 때 소통이 이뤄진다. 그러나 상대의 몫까지 내가 전부 감당하려고 하는 건 좋지 않다.

조금은 대범하게, 조금은 뻔뻔하게 말문을 열어 보는 건 어떨까. 상대방이 머뭇거리며 횡설수설 이야기하더라도 조금 더 집중해서 들어 보는 건 어떨까. 말이 복잡하다는 건 마음이 복잡하다는 뜻이기도 하니까….

'난 최선을 다해서 말할 테니, 당신은 최선을 다해서 들어 줘.'

'난 열심히 이해해 볼 테니, 당신은 솔직한 마음을 털어놔 줘.'

조금은 대범하게, 조금은 뻔뻔하게

말문을 열어 보는 건 어떨까.

상대방이 머뭇거리며 횡설수설 이야기하더라도

조금 더 집중해서 들어 보는 건 어떨까.

말이 복잡한 건 마음이 복잡하다는 뜻이기도 하니까….

뜨거운 물을 기다리며

첫 자취방은 연신내 4번 출구의 한 원룸이었다. 새 건물인데다 헬스장과 공부방까지 갖춰져 있어 편리했지만 그만큼 월세와 관리비가 비쌌다.

다달이 나가는 주거비 80만 원은 나에게 큰 지출이었기에, 계약 기간 일 년을 채우자마자 건너편 주택가의 한 다세대주택 1층으로 옮겼다. 보증금 1천만 원에 월세 40만 원인 투룸. 월세는 반으로 줄고 크기는 두 배로 늘어났다.

이게 웬 횡재? 신나게 여름과 가을을 보냈다. 그런데 문제는 겨울이었다. 오래된 주택이라 외풍이 심해서 자려고 누우면 코가 시렸고,

배관이 자주 얼어서 세탁기를 돌리지 못하거나, 생수를 끓여서 세수를 하기도 했다.

그 집에서 보낸 두 번의 겨울, 봄이 오기를 얼마나 바랐는지 모른다. 그러나 봄이 돼도 보일러는 자주 말썽이었다.

뜨거운 물을 켜면 살이 에일 듯 차가운 물만 나오다가 몇 분 후에야 미지근한 물이 나왔다. 뜨거운 물이 나오기를 기다리는 시간은 왜 그리 길고 지루한지… 졸졸졸 흐르는 찬물에 손가락을 갖다 댔다 뺐다 하며 서글프기도 하고 화딱지도 났다.

그러다 문득, 내 천대와 괄시 속에서 의미 없이 버려지는 찬물이 아깝게 느껴졌다. 그때부터 화장실 바닥과 변기를 차가운 물로 청소하기 시작했다. 때론 세숫대야에 한가득 받아 두었다가 나중에 양칫물이나 헹굼 물로 사용하기도 했다.

뜨거운 물만 생각하며 흘려보낼 땐 쓸모없고 야속한 찬물이었는데 나름의 역할을 찾아 주고 나니 꽤나 요긴했다. 무엇보다도 뜨거운 물을 기다리는 시간이 훨씬 짧아진 기분이 들어 좋았다.

코로나 팬데믹을 지나며, 그 겨울의 차가운 물이 종종 생각이 난다.

뜨거운 물을 행복하게 기다리는 유일한 방법,

찬물을 허투루 쓰지 않는 것이다.

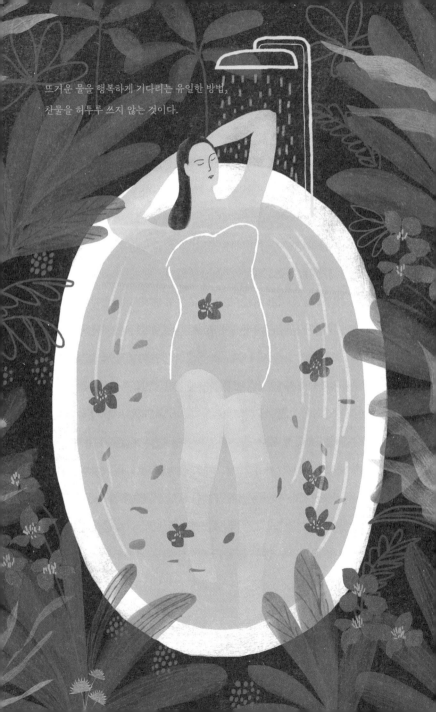

어서 이 기다림이 끝나고 뜨거운 물이 콸콸 나오면 좋으련만 아직 차가운 물이다.

그럴 땐 마냥 뜨거운 물만 기다리기보다는 그 차디찬 찬물로 청소를 하든, 쌀을 씻든, 꽃에 물을 주든, 뭐든 해야 한다.

분명히 온수 수도꼭지를 틀었는데, 하염없이 찬물만 나와서 환장할 것 같은 인생 구간이 있다. 우리, 그 찬물도 업신여기지 말기로 하자. 그 시간의 의미는 우리가 만들 수 있다.

불평하지 말고, 초조해하지 말고, 무언가를 하자. 뜨거운 물을 행복하게 기다리는 유일한 방법, 찬물을 허투루 쓰지 않는 것이다.

분명히 온수 수도꼭지를 틀었는데,
하염없이 찬물만 나와서 환장할 것 같은 인생 구간이 있다.
우리, 그 찬물도 업신여기지 말기로 하자.
그 시간의 의미는 우리가 만들 수 있다.

가볍게 여행하듯 살고 싶다

에어비앤비로 숙소를 구해 2박 3일간 나 홀로 기분 전환의 시간을 보냈다. 아늑하고 깨끗한 원룸, 남산 타워까지 보이는 13층의 뷰는 예약할 땐 몰랐던 보너스 트랙이었다.

숙소에서의 첫날 밤, 뜨거운 물에 한참 동안 샤워를 하고, 티브이 채널을 이리저리 돌리다가, 창문 사이로 이따금씩 불어오는 선선한 밤공기에 발가락을 좀 꼼지락거렸던 것 같은데 눈을 떠 보니 아침이었다. 죽 한 그릇으로 요기를 하고는 또다시 스르륵 잠들었다가 한낮에 일어났다.

세상에. 총 12시간을 내리 잠만 잔 것이다.

거참 희한하다. 가만히 누워 생각해 보니, 이전에도 에어비앤비 숙소에서 잠을 굉장히 길게 푹 자곤 했다는 걸 기억할 수 있었다.

'대체 나란 인간은 생판 모르는 남의 집이 왜 이리 편한 걸까?'

체크아웃을 위해 짐 정리를 하다가 그 이유를 깨달았다. 그것은 다름 아닌 에어비앤비 숙소의 단순함이었다.

그곳엔 침대, 베개, 이불, 수건, 테이블, 의자, 식기구, 생수⋯ 생활 필수품만 준비돼 있다. 내가 들고 들어가는 물건은 고작해야 작은 여행 가방 하나. 그 안에 담긴 잠옷, 여벌의 원피스, 속옷, 책, 공책, 펜이 전부다.

낯선 숙소는 늘 단출한 살림으로 나를 맞이해 줬고, 있어야 할 곳에 있어야 할 것들만 존재하는 그 적당함이 나에게 휴식을 줬다.

반면, 내 방엔 '언젠가'를 기다리며 뻘쭘하게 나의 손길을 기다리는 물건이 너무 많다. 언젠가 입으려고 사 둔 옷, 언젠가 읽으려고 꽂아 둔 책, 언젠가 먹으려고 쟁여 둔 라면, 언젠가⋯ 언젠가⋯.

난 그것들을 언젠가는 입고, 읽고, 먹어야 한다는 의무감에 피곤했던 건지도 모르겠다.

부디 가볍게 여행하듯이 살고 싶다. 얼마 전부터 내 마음에 머물고 있는 한마디를 소리 내어 읽어 본다.

"가볍게 여행하라!(Travel light!)"

언젠가… 언젠가…. 난 그것들을 언젠가는

입고, 읽고, 먹어야 한다는 의무감에

피곤했던 건지도 모르겠다.

인생 전체를 두고 봤을 때

공부 잘하는 친구들을 따라서 미술사 수업을 듣다가 생고생을 한 적이 있다. 우선 교과서 자체가 벽돌보다 더 두껍고 무거웠으며, 작품의 연대부터 예술가, 의미까지 암기 범위가 어마어마했다.

초반부터 흐름을 놓치는 바람에 몇 주 되지 않아 반포기 상태였는데, 다행히 나 말고도 상당수의 학생이 헤매던 터라 선생님은 우리에게 추가점을 얻을 기회를 여러 번 주셨다. 그래서 박물관이나 야외 전시회에 가서 작품을 감상하고, 티켓과 사진 그리고 한 페이지짜리 보고서를 제출하면 5점을 받을 수 있었다.

매번 시험을 망쳤기 때문에 추가점에 필사적일 수밖에 없었다. 주말마다 새로운 전시가 열리는 박물관을 방문하고, 동네 곳곳에 숨겨진 설치 예술도 일일이 찾아다녔다.

처음엔 보고서 한 바닥을 채우기가 고역이었지만 작품을 접하면 접할수록 점점 쓸 말이 많아졌다. 예술가가 작품에 담은 메시지를 내 나름대로 해석하고, 미술관의 분위기나 다른 관람객의 반응을 관찰한 내용을 몇 마디 적다 보면, 금세 종이가 빼곡해졌다.

미술사 점수는 끝까지 낮았으나, 내 심미안은 그 시기에 훌쩍 성장했다. 예술을 보고, 느끼고, 소통한다는 것이 무엇인지 살짝 맛을 본 것이다. 지금도 전시회에 가는 걸 좋아한다. 여전히 미술이 뭔지 잘 모르지만, 하나하나 지긋이 바라보고 생각하며 나만의 방식으로 오롯이 즐긴다.

차라리 그 시간에 집에서 열심히 공부해 다음번 시험에서 몇 문제 더 맞추는 게 내 성적엔 훨씬 더 효율적이었을 테지만… 내 인생을 두고 봤을 때, 추가점 5점을 받아 보겠다고 미술관을 돌아다닌 경험은 최고의 투자였다. 작품을 감상할 수 있는 마음과 눈이 열렸으니 말이다.

요즘엔 가성비를 너무 많이 따진다. 그러나 효율적인 선택이 반드시 최선이란 보장은 없다.

그 시절 내가 작품명, 작가, 연도, 표현 기법을 달달 외워서 좋은 점수를 받았더라면 뿌듯하긴 했겠지만, 미술에는 정이 뚝 떨어졌을지도 모른다.

비효율적인 성적 올리기 방법인 전시회 나들이가 나에겐 딱 맞는 배움터였다.

내비게이션이 가르쳐 준 최단 거리, 최단 시간의 길보다 물어물어 가는 길이 더 안전하고 신나는 길이 될 수도 있다.

효율적으로 시간표를 짜서 빨리 졸업해야만 취업에 성공하는 것이 아니라, 졸업 학점에 도움은 안 되지만 왠지 들어 보고 싶은 그 엉뚱한 수업에서 비전을 발견할 수도 있다.

인생은 계산대로 흘러가지 않는다. 더 이상 가성비, 효율에 집착 말고, 마음이 가는 쪽으로 한 발 내딛어 보는 건 어떨까. 때론 머리보다 가슴이 더 영리하다.

인생은 계산대로 흘러가지 않는다.

더 이상 가성비, 효율에 집착 말고,

마음이 가는 쪽으로 한 발 내딛어 보는 건 어떨까.

때론 머리보다 가슴이 더 영리하다.

4장

내 진짜 행복이 살아 숨 쉬는

마음을
지키다

마음에서 모든 것이 나온다.

마음을 빼앗기면 모든 것을 잃는 것이다.

풋볼 경기에서 공을 잡은 선수가 공을 꼭 끌어안은 채

목표 지점을 죽기 살기로 향해 내달리면,

상대 팀 선수들은 그 공을 뺏으려고 인정사정없이 공격해 온다.

그 공이 바로 우리의 마음이다.

인생은 우리의 마음을 훔쳐 가려는 도둑들과 싸우는 전쟁의 연속이며,

우리의 임무는 필사적으로, 끝까지, 무슨 수를 써서라도

마음을 지켜 내는 것, 그것뿐이다.

가장 치열한 전쟁터 한가운데서

2019년 8월 15일, 영화 〈봉오동 전투〉를 봤다. 광복절에 보기 딱 좋은 영화였다.

농민, 어부, 광대, 마적… 군인도 아닌 평범한 사람들이 독립을 위해 목숨 걸고 싸우는 모습, 일본 군대가 거침없이 저지르는 살육과 강탈의 현장이 스크린에 펼쳐졌다. 피 냄새가 화면을 뚫고 나오는 것 같았다. 끔찍한 장면들이 너무 과하다 싶으면서도 현실은 저보다 더 처참했을 것이 분명하기에 참고 봤다.

독립군과 일본군의 혈투가 이어질수록 나도 모르게 주먹이 쥐어졌다. 독립군에게 내 힘을 보태 주고 싶었다.

그런데 만약 내가 저 시대에 태어났더라면 저들처럼 온몸으로 뛰어들 수 있었을까, 내 가족, 친구를 죽인 일본군에게 주먹을 힘차게 날릴 수 있었을까.

영화엔 등장하지 않지만 모두가 알고 있는 또 다른 역사 속 인물, 친일파를 생각해 본다.

'저 시각 친일파들은 무얼 하고 있었을까'

나라 잃은 설움과 분노는 모두에게 동일했을 텐데도, 누구는 "대한 독립 만세"를 외치며 전장으로 뛰어들었고 다른 누구는 "천황 폐하 만세"를 외치며 무릎을 꿇었다.

독립군과 친일파의 차이는 믿음이다.

독립군은 일본군과 맞서 싸우면 나라를 지키고 독립할 수 있다고 믿었다. 아니, 독립을 못하더라도 이렇게 연명하다 개죽음을 당하느니 있는 힘껏 저항하다 죽는 게 낫다고 판단했을 수도 있다.

반면, 친일파는 조선이 독립할 수 있다고 믿지 못했다. 그 대신, 일본 통치 아래서 자신이 잘 살 수 있는 방법을 찾았다. 가만히 있어도 죽고 싸워도 죽는다면, 빌어서라도 살아야겠다는 결정을 한 것이다.

독립군은 그들이 믿고 소망하는 것을 보았다. 바라는 것, 조국의 해방을 믿으니 봉오동이 보였고, 그 죽음의 골짜기에서 일본군을 몰살시킬 계획이 그려졌다.

친일파는 보이는 것을 믿었다. 일본의 막강한 무기와 군대의 수를 보니, 일본의 영원한 군림과 조국의 영원한 나약함이 믿어졌다.

가장 치열한 전쟁터는 봉오동이 아닌 각 사람의 마음속이다. 무엇을 믿고, 소망할지⋯ 지열한 선택의 싸움이 쉴 새 없이 이어진다.

반복되는 관계의 어려움과 막막한 상황 속에서 가만히 있어도 보고, 싸워도 보고, 포기도 해 본다. 절대 내 믿음대로 될 것 같지 않은 속상한 현실을 마주할 때면, 그나마 있던 작은 힘마저도 사라진다.

그러나 나는 다시 내가 믿는 것을 보려고 노력하겠다. 믿는 대로 바라보고 믿는 대로 행동하겠다. 내 마음을 지키겠다.

내 눈에는 쏟아지는 폭우만 보일지라도 태양이 떠 있음을, 예쁜 무지개 선물이 준비돼 있음을 믿겠다.

> 가장 치열한 전쟁터는 봉오동이 아닌
> 각 사람의 마음속이다.

무엇을 믿고, 소망할지…

치열한 선택의 싸움이 쉴 새 없이 이어진다.

앞서가지 말고 지금 여기에 집중!

은행 업무를 보고 나서 다음 약속 장소로 향했다. 버스 정류장이 은행에서 꽤나 멀었다. 4분 뒤 도착한다는 버스를 기다리며 저녁에 뭘 먹을까 생각했다. 그러다 은행에서 신분증을 돌려받지 않고 나와 버렸다는 걸 깨달았다.

다시 은행으로 향하는 길에 온몸에 땀이 났다. 짜증도 났다. 신분증을 까먹고 나온 내 자신도 한심하고, 신분증을 돌려주지 않은 은행원도 원망스러웠다. 시뻘건 얼굴로 돌아온 나를 보곤 그 은행원도 민망했는지 고개를 꾸벅 숙이면서 신분증을 건네줬다.

며칠 전에도 이런 일이 있었다. 렌즈를 사러 갔다가 핸드폰을 두고 나온 것이다. 다음 목적지에 거의 다 도착해서야 핸드폰이 없다는 걸 깨닫고, 다시 렌즈 가게로 뛰어갔다.

그땐 나에 대한 원망보다는 렌즈 가게 남자 직원에 대한 의심이 치솟아서 발걸음이 더 급했다.

'그 남자, 말투가 껄렁해서 찝찝했는데 설마 내 핸드폰을 꿀꺽해 버리면 어떡하지?'

그분은 내가 들어오는 모습을 보자마자 기다렸다는 듯이 서랍에서 내 핸드폰을 꺼내 줬다. "고맙습니다" 하고 나왔지만, 속으론 "미안합니다"를 몇 번이나 되뇌었다.

'요 며칠 왜 자꾸 물건을 잃어버리는 거지? 내가 덤벙거리는 성격이라 그런 건가?'

곰곰이 되짚어 보니 그건 잘못된 집중력 때문이었다.

난 은행 볼 일을 보는 내내 '버스를 어서 타고 약속 장소로 가야지. 늦지 말아야지' 하고 다음 일정에 모든 정신을 쏟았다. 렌즈 가게에서도 마찬가지였다. '렌즈를 사고 화장품 가게에서 토너를 사야지' 하며 목적지에 갈 때까지 줄곧 토너만 생각했다.

몸은 아직 여기에 있는데 생각 혼자서 저만치 앞서가 있다.

이곳에서 챙겨야 할 물건, 사람, 마음을 잊어버린 채 저기로 급히 이동해 버린다. '아차!' 하고 되찾으러 가는 길 위에선 불안, 의심, 원망 등 온갖 부정적인 감정까지 짊어지고 힘들어한다.

여기에 있을 때는 여기에 집중하고 저기의 것은 염려치 말아야겠다. 내일을 오늘로 당겨 와 살지 말아야겠다. 오늘은 오늘만, 여기에선 여기의 것만 생각하자.

여기에 있을 때는 여기에 집중하고
저기의 것은 염려치 말아야겠다.
내일을 오늘로 당겨 와 살지 말아야겠다.
오늘은 오늘만, 여기에선 여기의 것만 생각하자.

'자유롭게 살고 싶다'는 갈망

"만나는 시간은 언니가 자유롭게 정해요."

"올 수 있는 사람은 자유롭게 왔다가 가면 어떨까요?"

가만히 듣고 있던 언니가 물었다.

"정아야, 너 요즘 인생의 주제가 '자유'니? 그 말을 자주 쓰네."

언니의 말이 맞았다. 그 즈음, 나는 '자유롭게 살고 싶다'는 생각을
계속 했었는데 그 갈망이 무심코 말에 배어 나온 것이었다.

자유가 뭘까? 자유롭게 산다는 건 뭘까? 사전이 정의하는 자유는
'남에게 구속받거나 무엇에 얽매이지 않고 자기 마음대로 행동하는

일, 또는 그러한 상태'이다.

나는 그때, 일도 그만두고 내 시간을 내 마음대로 쓰며 내가 하고 싶은 대로 살고 있었는데도 전혀 자유롭지 않았다.

내가 자유롭지 않다는 것은 남을 대하는 나의 태도에서도 여실히 드러났다. 눈에 거슬리고 마음에 들지 않는 게 너무 많았다.

'저 사람은 말을 왜 저렇게 해?'

'저 옷에 왜 저 신발을 신은 거야?'

'저게 뭐가 맛있다고 몇 시간씩 줄을 서서 먹는 거야?'

'아니 어떻게 저 정치인을 좋아할 수가 있어?'

'왜 이런 걸 인스타그램에 올리지?'

이런 삐딱한 생각을 하면서도 겉으론 배시시 웃을 수 있는 가증한 나였기에, 잘 숨기고 살다가 결국엔 내 자신이 괴로워서 가까운 작가님에게 상담을 요청했다.

내 이야기를 다하고 전화를 끊는데, 속이 시원했다. 작가님은 내 생각을 고쳐 놓으려고 조언이나 해결책을 제시하지 않았다. 그냥 들어주시기만 했는데도 내 마음은 한결 홀가분해져 있었다.

'내가 속마음까지 다 이야기하면 나를 나쁘게 보는 게 아닐까?' 하는 고민은 하지 않아도 될 만큼 나를 아껴 주는 분이라 그랬던 것 같다.

모든 책임과 속박에서 단절돼야 자유로워지는 게 아니다. 나를 구속하거나 얽매지 않고, 내 마음대로 행동할 수 있게 지켜봐 주는 사람 옆에서 자유를 누리게 된다.

실수투성이, 엉망진창인 내 모습에도 놀라지 않고 도망가지 않고 '그럴 수도 있지' 고개를 끄덕여 주는 사람, 내가 스스로 선택하고 돌이킬 때까지 묵묵히 기다려 주는 사람을 통해 비로소 자유와 휴식을 얻는다.

꼬이고 엉킨 부분이 여전히 많아서 주변 사람들까지 피곤하게 만드는 나지만, 내 마음이 점차 회복되고 건강해져 언젠가는 나도 누군가를 자유롭게 해 주는 진정한 자유인이 되고 싶다.

나를 구속하거나 얽매지 않고,
내 마음대로 행동할 수 있게 지켜봐 주는 사람 옆에서
자유를 누리게 된다.

내가 스스로 선택하고 돌이킬 때까지

묵묵히 기다려 주는 사람을 통해

비로소 자유와 휴식을 얻는다.

"괜찮아, 넌 소중한 사람이야"

보조 작가로 참여했던 드라마의 방송 편성이 불발되면서, 허탈하고 허무했다.

'에라이, 난 애초에 작가가 될 만한 사람이 아닌데 그동안 투자한 시간이 아까워서 어거지로 버티고 있는 건 아닌가? 글을 계속 쓰는 게 맞나? 이제 뭘 해야 하지?'

그때, 마침 영어 교사로 일할 기회가 주어졌다.

'그래, 교사로서의 경험도 글 쓰는 데 도움이 될 거야. 일하면서 글 쓰면 되지 뭐.'

첫 학기에는 매일 아침 제일 먼저 출근해서 단 20분이라도 내 글을 쓰고 업무에 들어가려고 노력했다. 동료 선생님들이 보면 불편해할까 봐, 화장실에 가서 타이머를 맞추고 쓰기도 하고 점심시간에 조금씩 메모를 남기기도 했다.

그러다 어느 날부터 아침 글쓰기를 포기해 버렸다. 수업 준비만 해도 버거웠다. 다른 작가님들은 직장 생활을 성실히 하면서 소설책도 잘만 내던데, 나는 체력과 정신력이 턱없이 부족했다.

약 이 년간의 교사 생활을 그만두고 글에 집중하기로 결정했다.

일을 관두면 모든 힘과 시간을 글에 쏟을 수 있을 줄 알았는데 그것도 말처럼 쉽지 않았다. 글 쓴답시고 일도 때려쳤으니 기깔나는 대본이든 책이든 결과물을 내야 한다고 자신을 다그쳐 봐도, 아무것도 하고 싶지 않고 우울하기만 했다.

어두운 기운을 뿜고 다니는 나에게 남자친구가 조심스럽게 말했다.

"정아야, 작가가 되지 않아도 괜찮아."

"작가가 되지 않아도, 넌 소중한 사람이야."

왈칵 눈물이 차오르는가 싶더니 그야말로 수도꼭지가 열린 듯 펑펑 울었다. 실컷 울고 나자, '어? 나 이제 진짜 작가 할 수 있겠다'는 생각이 들었다.

내 마음속 깊은 곳에선 '네가 무언가 되지 않아도 괜찮아'라는 말을
기다리고 있었나 보다.

작가가 되지 않아도 사랑받을 수 있는 사람이라고 믿어지니 비로소 작가가 될 수 있을 것 같았다. 글쓰기가 한결 자유로워졌다.

'멋지고 대단한 사람이 되어야 사랑받을 수 있어, 그러니 그나마 있는 글재주를 써먹어야 해'라는… 나도 모르는 사이에 사로잡혀 있던 강박에서 벗어난 것 같았다.

'넌 할 수 있어', '넌 잘될 거야', '난 널 믿어' 모두 고맙고 애틋한 응원이었지만… 그 격려로 버틴 날도 많았지만, 내 마음속 깊은 곳에선 '네가 무언가 되지 않아도 괜찮아'라는 말을 기다리고 있었나 보다.

지금 무언가 되려고 노력하고 있는 당신, 참 대견하다. 그렇지만 굳이 그 무언가가 되지 않더라도 괜찮다. 당신은 이미 사랑스럽고, 자랑스럽다. 믿기 어렵겠지만 이게 사실이다.

굳이 그 무언가가 되지 않더라도 괜찮다.
당신은 이미 사랑스럽고, 자랑스럽다.
믿기 어렵겠지만 이게 사실이다.

너와 나의 카밍 시그널

친한 작가님 댁에 가면 마당엔 시바견 봄이가, 거실엔 장모 치와와 구름이가 있다. 봄이는 길고양이가 와서 자기 밥을 뺏어 먹어도 무덤덤한 순둥이고, 구름이는 귀여운 외모와는 다르게 외부의 소음에 왈왈 짖는 카리스마견이다.

생김새도 성격도 다른 이 두 애완견에게서 한 가지 공통점을 발견했는데, 그건 나를 만나면 꼭 하품을 한다는 것. 꼬리를 살랑살랑 흔들며 벌러덩 누워 배를 쓰다듬어 달라고 하면서 입이 찢어지게 하품을 한다.

그 이유가 궁금해서 인터넷에 찾아봤더니 하품은 개가 자신과 상대방을 진정시키기 위해 보내는 신호, '카밍 시그널' 중 하나란다. 졸릴 때 하품을 하기도 하지만, '난 널 해치지 않아. 진정해'라는 메시지를 하품으로 표현한다는 것이다.

'기특한 녀석들, 내가 외부인이니까 친절하게 카밍 시그널을 먼저 보내 주는 거구나!'

강아지들의 몸짓 언어에 감탄하며, 우리 인간들도 카밍 시그널을 잘 사용할 필요가 있다고 생각했다. 서로의 표정과 말투를 잘못 읽고, 각자 해석해 버려서 엉뚱하게 마음 상하는 일이 허다하니까 말이다.

내가 미국에 이민을 가서 당황스러웠던 점 중에 하나는, 낯선 사람들끼리도 눈만 마주치면 인사를 하거나 살짝 웃거나 고갯짓이라도 한다는 것이었다. 나중에는 적응이 됐지만, 처음엔 괜히 눈이 마주칠까 봐 먼 곳만 보곤 했다. 그런 작은 몸짓들이 카밍 시그널이란 걸 몰랐다.

내가 아는 한 부부는 서로의 사랑의 언어에 맞게 카밍 시그널, 화해의 몸짓을 만들어서 사용한다.

아내는 남편에게 사과를 청할 때 사랑의 언어가 '함께 보내는 시간'인 남편을 배려해 "여보, 우리 산책할까요?" 하며 데이트 신청을 하고, 남편은 '스킨십'으로 사랑을 확인받는 아내를 위해 슬쩍 먼저 다가가 포옹을 해 준다고 한다.

이렇듯 둘만 통하는 카밍 시그널은 "미안해요, 화해합시다"라는 노골적인 표현보다 훨씬 더 친밀하게 느껴지고, 그 효과도 좋다고 한다.

당신과 나의 카밍 시그널은 쉽게 상처받고 뭉그러지는 우리의 마음을 보호해 주는 방패이자, 굳게 닫혀 있는 상대의 마음을 두드리는 노크다. 카밍 시그널을 잘 파악하고 잘 써먹어서 서로의 마음을 잘 지켜 줄 수 있길 바라본다.

> 당신과 나의 카밍 시그널은
> 쉽게 상처받고 뭉그러지는 우리의 마음을
> 보호해 주는 방패이자, 굳게 닫혀 있는
> 상대의 마음을 두드리는 노크다.

마음이 보내는 신호, 거짓 배고픔

인터넷에 떠도는 여러 다이어트 팁 중에서 요즘 나의 삶에 적용시키려고 노력하는 것 한 가지는 '거짓 배고픔에 속지 않기'이다. '거짓 배고픔'은 다른 말로 '감정적인 배고픔'인데, 스트레스를 충동적으로 해결하려고 음식을 찾는 게 원인일 수 있다고 한다.

거짓 배고픔의 특징은 참기 힘든 배고픔이 갑자기 느껴지면서 달고 짜고 맵고 기름진 음식이 당기고, 배가 불러도 과식을 하게 되고, 먹고 나면 죄책감과 무기력에 빠진다는 것이다. 내가 '거짓 배고픔'을 경계하는 이유는 이미 겪어 봤기 때문이다.

교사 생활 시절에 극심한 피로와 스트레스에 시달린 한 학기가 있었는데, 거의 매일 밤 혼자서 떡볶이, 튀김, 국수, 과자나 아이스크림을 잔뜩 먹었다. 먹는 순간엔 잠시 즐거웠지만, 과식 후에 밀려오는 짜증에 무척 괴로웠다.

지하철 어묵집에서 파는 떡볶이는 내 입맛에 맞지 않았고, 포장마차에서 파는 국수도 그리 놀라운 맛이 아니었는데도 그때의 나는 그런 음식에 의지했고 집착했다. 살이 조금씩 찌는 것 같았지만, 자극적인 음식을 끊을 순 없었다.

배가 고픈 게 아니라 정신이 곯아 있던 상태였는데, 그런 내 자신에게 떡볶이를 먹이고 후식으로 빠삐코를 쥐어 주며 얼렁뚱땅 넘어가려 했다. 마음을 채우는 것보다 배를 채우는 게 더 빠르고 쉬웠다.

그 후 일을 줄이고 여가 시간을 확보하면서 자연스럽게 거짓 배고픔과 멀어질 수 있었다.

요즘도 스트레스를 받으면 떡볶이와 튀김 세트가 제일 먼저 떠오른다. 그나마 다행스러운 건 이젠 떡볶이 집으로 내달리기 전에 내 자신에게 한 번 물어본다는 거다.

'너 정말 떡볶이가 먹고 싶은 거야? 아니면 오늘 속상한 일이 있었

던 거야?'

가만히 생각해 보면, 섭섭했던 말이나 얄미운 사람의 얼굴, 산더미처럼 쌓인 일 따위가 슬며시 뇌리를 스친다.

'그래, 그런 일이 있어서 힘들었구나.'

내 감정을 인정해 주고 나면, 의외로 떡볶이를 향한 불 일 듯했던 식욕이 한결 누그러진다.

거짓 배고픔은 마음을 점검해 보라는 몸의 신호다. 밥 먹을 시간이 아닌데 갑자기 배가 고프다면, 충분히 먹었는데도 꾸역꾸역 입에 뭘 집어넣고 있다면, 배에 거지가 든 게 아니라 마음이 텅 빈 것이다.

거짓 배고픔이 찾아오면 불닭볶음면이나 치킨으로 대충 퉁치지 말고, 마음의 결핍을 살펴야 한다. 마음의 진실을 알게 되는 기회가 될 테니까.

거짓 배고픔은 마음을 점검해 보라는 몸의 신호다.
충분히 먹었는데도 꾸역꾸역 입에 뭘 집어넣고 있다면,
배가 아니라 마음이 텅 빈 것이다.

고통의 순기능

안질환이 재발해서 또다시 두 개의 안약을 처방받았다. 하루에 네 번, 6시간마다 안약을 챙겨 넣어야 하는데, 이게 여간 귀찮은 일이 아니다. 게다가 안압 약은 눈을 충혈시키기 때문에 약을 넣고 나면 오히려 눈이 더욱 시리고 피곤해지고, 하얀 눈곱까지 생겨 미관상 보기 좋지 않다.

그래도 '나아야 한다'는 일념으로 눈에 한두 방울을 떨어뜨리곤 눈을 감고 의자에 앉아 있었다. 안약 두 통을 손에 꼭 쥐고 약이 잘 퍼지도록 눈을 좌우로 굴리는데, 문득 '세계 최초로 이 질병을 앓았던 사람은 어떻게 살았을까?' 하는 질문이 들었다.

그땐 병명도 모르고, 안약도 없고, 안압이 올라 눈은 묵직하고, 한 대 얻어맞은 것 마냥 눈앞이 번쩍이고 어지러웠을 텐데, 혼자서 얼마나 답답하고 막막했을까? 그러다 비슷한 증상의 사람들이 한두 명, 수십 명쯤 생겼을 때 비로소 약이 개발되지 않았을까?

그러니까 내가 들고 있는 이 안약, 당장이라도 쓰레기통에 처박아 버리고 싶은 이 안약은… 나보다 앞서 아팠던 자들이 남겨 준 선물인 거다. 그들의 눈물이 안약이 돼 나에게 온 것 같았다.

약은 고통의 존재를 증명한다. 이 세상에 이토록 약이 많은 건, 아픈 사람이 과거에 많았고 지금도 많다는 것이다. 고통을 미리 겪은 자들이 물려준 유산으로 내 눈이 낫고, 두통이 사라지고, 체중이 내려간다.

신종 코로나바이러스의 창궐로 온 세계가 신음하고 있다. 과거 세대가 남겨 준 약이 통하지 않는 새로운 고통이다. 이 아픔을 해결하기 위해 우리는 백신과 치료제를 맹렬하게 개발하고 있다. 우리 세대의 고통이 우리 자신뿐만 아니라 다음 세대에 약으로 전달되는 과정이다.

개인의 삶 속에서도 매일 크고 작은 마음의 고통을 겪는다. 사랑하는 사람이 배신하고, 소중한 이들이 떠나고, 공든 탑이 무너지고, 억울한 상황에 처한다. 마음에 멍이 들고, 피가 철철 흐르는 아픔을 혼자서는 도저히 버텨 낼 수 없다.

그럴 땐 미리 고통의 터널을 지나온 사람들이 건네주는 약을 먹고 발라야 한다. 그렇게 그 시간을 지낸 사람은 나중에 또 다른 누군가에게 약이 된다.

고통의 시간, 약이 필요한 시간이다.

고통의 과정, 약이 되어 가는 과정이다.

내가 들고 있는 이 안약,

당장이라도 쓰레기통에 처박아 버리고 싶은 이 안약은…

나보다 앞서 아팠던 자들이 남겨 준 선물인 거다.

그들의 눈물이 안약이 돼 나에게 온 것 같았다.

마음의 정원을 돌보는 기쁨

일어나 보니 현관문이 열려 있었다. 전날 밤, 택배를 들여놓고는 닫는 걸 깜빡하고 잠들어 버린 것이다. 아무 일도 일어나지 않았지만, 왠지 가슴이 철렁했다. 그날부턴 안전 고리까지 꼭 걸어 두고 자는 습관이 생겼다.

문은 잘 여는 것만큼 잘 닫아 두는 게 중요하다. 마음의 문도 그렇다. 나이가 들수록 마음의 문을 닫아 두는 것에 신경을 쓰게 된다.

이십 대에는 모든 사람, 모든 경험에 마음을 활짝 열어 두고 싶었다. 내 사람이 많아지고, 내 경험이 풍성해지길 원했다. 삼십 대가 되니 아무에게나 아무것에나 마음을 열어 줄 수도 없고, 그래서도 안 된다는 것을 배운다.

겨울 코트를 살까 싶어 검색창에 '코트'라고 딱 한 번 입력했는데, 며칠 동안 내가 들어가는 거의 모든 사이트에 여성복 광고가 따라다닌다. 필요한 건 코트 하나였는데, 괜히 원피스도 새로 사야 할 것 같은 기분이 든다.

유튜브에 어묵볶음을 쳤더니 수십, 수백 개의 영상이 나온다. 어묵볶음을 만드는 시간보다 괜찮은 레시피를 찾는 데에 더 오랜 시간을 쓴다. 카톡에 뜬 생일인 친구 목록을 보며 기프티콘을 보낼까 말까 고민에 빠지고, 만나면 자기 말만 하는 친구와 저녁을 먹고 돌아오는 길엔 속이 답답하다.

정보는 넘쳐나고 아는 사람은 늘어 가는데, 나에겐 모든 걸 수용하고 모든 사람을 챙길만한 여유가 없다. 쓸데없는 지출을 멈추고, 엉뚱한 데에 시간을 낭비하지 않고, 날 소진시키는 관계와는 거리를 두기로 한다.

마음은 광장이 아니라 정원이다. 모두의 공간이 아니라 소수에게

만 허락된 은밀한 세계이다.

마음의 정원을 지키기 위해선 잘 닫아 두어야 한다. 돈, 시간, 생각을 빼앗아 가려는 유혹을 차단하고, 함부로 쳐들어오려는 관계에는 경고장을 붙인다.

내 마음의 정원을 보호하듯 타인의 마음의 정원도 존중해야 한다. 상대의 돈, 시간, 생각을 소중히 여기고, 그 안에 들어가고 싶다면 정중하게 문을 두드리고 기다린다.

마음을 닫아야 할 때, 마음을 열어야 할 때, 마음을 두드려야 할 때, 마음 앞에서 기다려야 할 때를 배워 간다. 마음 여닫기 실력을 키운다. 우리의 마음을 지킨다.

마음은 광장이 아니라 정원이다.
모두의 공간이 아니라 소수에게만 허락된
은밀한 세계이다.

이대로 살아도 행복할까?

'에이씨, 내 마음대로 되는 게 하나도 없어.'

계획했던 일정을 급작스레 바꾸게 되자 짜증이 폭발했다.

거칠고 모진 단어, 극단적이고 자극적인 표현이 계속 이어졌다.

마음에 쌓인 쓰레기가 입을 통해 분출되고 만 것이다.

마음과 말은 떼어 놓을 수 없다.

마음에 있는 것이 말이 되고, 말한 대로 마음이 움직이기 때문이다.

그래서 내가 하는 말을 잘 들어보면 내 마음이 어떤 상태인지,

어떤 마음으로 세상을 보고 있는지 알 수 있다.

가정이 '집구석'이 되고,

아내가 '여편네'가 되고,

남편이 '웬수'가 되고,

아들딸이 '자식새끼'가 되어 있다면,

미움과 불평의 마음으로 보고 있는 것이다.

얼굴이 '면상'이 되고,

머리가 '대가리'가 되고,

눈이 '눈깔'이 되고,

입이 '주둥이'가 되어 있다면,

날카롭고 비뚤어진 마음으로 보고 있는 것이다.

학생들이 '급식충'이 되고,

엄마들이 '맘충'이 되고,

노인들이 '틀딱충'이 되어 있다면,

경멸과 혐오의 마음으로 보고 있는 것이다.

마음과 말을 고치면 자연스럽게 삶의 분위기를 바꿀 수 있다.

사람은 하루 평균 5만 가지의 생각을 하고,

남성은 대략 1만 단어, 여자는 2만 5천 단어를 사용한다고 하니,

우리는 매일 5만 개의 마음씨와 1만에서 2만 5천 개의 말씨를 뿌리는 셈이다.

'이 마음씨로 계속 살아도 행복할까?'

'이 말씨로 계속 살아도 행복할까?'

부디 오늘, 아름다운 마음씨, 따뜻한 말씨를 뿌리고 다닐 수 있기를… 훗날, 우리가 뿌린 마음씨와 말씨의 열매를 얻었을 때 기뻐할 수 있기를….

이 마음씨로 계속 살아도 행복할까?

이 말씨로 계속 살아도 행복할까?

민폐를 끼치는 날엔

이십 대 후반에 잠시 드라마 제작사에서 제작PD로 일한 적이 있는데, 밤늦게 파일을 전달하는 임무를 맡는 바람에 몸이 고단했다.

안타깝게도 그때 제작했던 드라마는 들어간 돈에 비해 인기가 없었고, 회사에는 큰 부채가 생기고 말았다. 급기야 돈을 못 받은 스태프가 제작사에 찾아와 난동을 부리기도 했다.

회사 사정이 이렇다 보니 법인카드로 밥 먹는 것도 눈치가 보여 점심시간도 기다려지지 않았다. 또 독촉 전화는 얼마나 밀려오던지… 평생 할 '죄송합니다'는 그 시기에 다 쓴 것 같다.

엎친 데 덮친 격으로 드라마 종방연 날, 당시 교제하던 남자친구와 헤어졌다. 내가 참여한 드라마는 흥행 참패로, 내가 주인공인 로맨스는 허무하게 끝나 버렸다.

울고 또 울었다. 운다고 해결되는 건 없었지만, 우는 것 말고 달리할 게 생각나지 않았다. 그렇게 영혼의 어두운 밤을 보내고 있는데, 예전 룸메이트였던 수연 언니에게서 전화가 왔다. 언니의 목소리를 듣자마자 서러움이 복받쳐 꺼이꺼이 울었다.

나를 혼자 두면 안 되겠다는 생각이 들었는지 언니가 "오늘밤엔 언니 집에 와서 자"라고 말했지만, 나는 "언니도 쉬어야죠. 이 시간에 언니한테 가는 건 민폐예요, 민폐" 하며 체면을 차렸다. 그 순간, 언니가 내게 나지막이 건넨 한마디를, 난 절대 잊지 못한다.

"인생은 민폐 끼치면서 사는 거야."

그날 밤, 언니의 집에서 아주 오랜만에 단잠을 잤다. 일도 연애도 다 망해 버린 그해 겨울, 인생은 민폐를 끼치며 살 수밖에 없다는 걸 배웠다.

외롭고 괴로워서 도무지 혼자 잠들 수 없는 날엔 민폐 끼치지 않으

외롭고 괴로워서 도무지 혼자 잠들 수 없는 날엔
따뜻한 마음이 있는 곳으로 달려가야 한다.
이런 종류의 민폐는 우리를 지키기 위해 꼭 필요하다.

려 홀로 끙끙 앓지 말고, 눈치, 염치 다 내려놓고, 따뜻한 마음이 있는 곳으로 달려가야 한다. 이런 종류의 민폐는 우리를 지키기 위해 꼭 필요하다.

"인생은 민폐 끼치면서 사는 거야."

그날 밤, 언니의 집에서 아주 오랜만에 단잠을 잤다.
일도 연애도 다 망해 버린 그해 겨울,
인생은 민폐를 끼치며 살 수밖에 없다는 걸 배웠다.

나는 무엇에 침묵하는가

기자 생활을 할 때, 출근하자마자 처음으로 한 일은 우리 신문과 타 신문사들의 신문을 펼쳐 놓고 비교 분석하는 것이었다.

모두 정독하지는 않더라도 기사 제목들은 훑어보면서 어떤 이슈들을 다뤘는지 확인했다. 그렇게 여러 신문을 읽다 보니 각 신문사들이 집중하고 있는 영역이 보였다.

가장 흥미로웠던 부분은 그들이 보도하지 않는 이야기였다. A 신문이 손바닥만 한 크기로 다룬 이슈를 B 신문은 일체 언급하지 않았고, A, B 신문에 없는 내용이 C 신문에는 실렸다.

언론이 무엇을 말하는지도 중요하지만, 무엇에 침묵하는지도 눈여겨 봐야한다는 걸 깨달았다.

 사람도 똑같다. 우리가 무슨 말을 하는지만큼 우리가 무슨 말을 함구하는지도 잘 관찰해야 한다. 이건 남에게 적용하기보다는 각자 스스로에게 비춰 보는 것이 더 유익할 것이다. 우리가 말하지 않는 건 우리의 치부이거나 상처인 경우가 많기 때문이다.

 내가 의도적으로 피하고 누락시키는 이야기야말로, 내가 대면하고 파헤쳐야 할 핫이슈다.

 친구들과 신나게 이야기하다가 특정 주제만 나오면 갑자기 불편해지고, 실없는 농담으로 분위기 전환하고 싶은 순간이 생긴다면, 마음속에 언뜻 스쳐간 그 장면에 책갈피를 끼워 놓고 나중에 다시 조심스레 펼쳐 보자.

 거기에서 발견된 아픔과 수치를 모른 척 넘어가지 말고, 정직하고 성실한 기자가 되어 그 사건을 취재해 보자. 힘들고 고통스러운 취재 과정이 되겠지만 그만한 가치가 있을 것이다.

 마음에 품고 있지만 꺼내 보기 싫은 이야기, 꼭 한 번은 진지하게 다뤄야 할 인생의 조각, 그것도 우리의 일부다.

마음에 품고 있지만 꺼내 보기 싫은 이야기,

꼭 한 번은 진지하게 다뤄야 할 인생의 조각,

그것도 우리의 일부다.

그래도 나는 내가 좋다

〈피구왕 통키〉를 거의 빼놓지 않고 볼 정도로 좋아했지만 피구라는 운동 자체는 그다지 좋아하지 않았다. 시작 호루라기와 함께 공에 맞아서 아웃되기 일쑤였고, 아무리 있는 힘껏 던져도 상대편 아이들은 내 공을 가뿐하게 받아 냈다.

어느 날, 선생님께서 피구를 제일 잘하는 두 명을 리더로 세우고 각자 원하는 팀원을 번갈아 가며 뽑는 방식으로 편을 가르도록 했다. 내 베스트 프렌드 두 명이 바로 그들이었다.

난 당연히 내 이름이 제일 먼저 불릴 줄 알았는데, 친구들은 승부욕이 발동했는지 별로 친하진 않아도 피구를 잘하는 아이들 이름을 경

쟁하듯 불러 댔다. 호명된 아이들은 좋아라 하며 자기편에게로 달려
갔고, 아직 불리지 못한 아이들은 너 나 할 것 없이 "나! 나 뽑아 줘!"
아우성이었다.

한 다섯 명 정도 남았을 즈음, 마침내 내 이름이 불렸다. 마지막에
불릴까 봐 가슴 조렸던 나는 눈물이 찔끔 났다. '선생님은 왜 그런 가
혹한 방법으로 편을 나누게 했을까?' 원망스러웠지만, 지금 돌이켜 보
니 그게 이 세상이 돌아가는 방식이었다.

성인이 되고 나서 이곳저곳 면접을 보고, 거절도 당하고, 나와 한
번 일했던 사람이 다음번 프로젝트엔 나를 부르지 않았을 때, 내가 누
군가의 첫 번째 선택이 아니라는 사실이 슬펐다.

경쟁사회에서 필요한 것은 실력과 마음의 힘이다. 누구나 자기편
으로 데려가고 싶어 할 만한 실력을 키우는 동시에, 선택받지 못하더
라도 스스로를 창피해하지 않고 씩씩하게 견딜 수 있는 마음의 힘을
길러야 한다.

실력은 공부와 연습으로 어떻게든 쌓는다고 쳐도 마음의 힘은 어
떻게 마련해야 할까? 가만히 생각해 보니 마음의 힘도 실력과 마찬가
지로 공부와 연습으로 축적되는 것 같다.

'내가 잘하는 운동이 있을까?' 생각하다가, 나는 팔 힘이 약해서 피구엔 젬병이지만 튼튼한 하체 덕분에 줄넘기는 꽤 잘한다는 걸 깨달았다.

그밖에도 정리 정돈은 못해도 설거지는 깨끗하게 하는 스타일이란 것과 라운드넥은 잘 소화하지 못해도 스퀘어넥은 잘 어울리는 체형이란 것도 알아냈다. 감정이 들쑥날쑥 급발진을 할 때도 많지만, 그런 나이기에 다른 사람의 널뛰는 마음도 어렴풋하게나마 공감할 수 있다는 점도 발견했다.

나를 알아 가는 공부가 이어질수록, 숨기고 싶은 나의 모습은 희미해지고 내가 자랑스러워하는 나의 모습은 선명해졌다. 내가 나를 조금씩 더 좋아하게 됐다.

부지런히 갈고 닦은 실력은 나를 세상에서 반짝반짝 빛나게 해준다. 하지만 나를 좋아하는 마음의 힘은 내 안에서부터 빛을 발산해 낸다.

세상살이, 거칠고 야박할 때가 너무 많다. 실력이 통하지 않아 답답하고, 능력의 한계에 부딪혀 좌절한다. 바로 그 순간, '그래도 나는 내가 좋다' 하며 씩 웃을 줄 알아야 한다.

누가 비춰 주지 않아도 마음의 빛이 뿜어져 나오는 그 사람이 진짜 챔피언이다.

나를 알아 가는 공부가 이어질수록,

숨기고 싶은 나의 모습은 희미해지고

내가 자랑스러워하는 나의 모습은 선명해졌다.

내가 나를 조금씩 더 좋아하게 됐다.

나는 내 마음이 잘 지내면 좋겠다
아무도 관심 없는 마음이지만

© 김정아 2021

인쇄일 2021년 1월 19일
발행일 2021년 1월 26일

지은이 김정아
펴낸이 유경민 노종한
기획마케팅 1팀 우현권 **2팀** 정세림 금슬기 최지원 현나래
기획편집 1팀 이현정 임지연 **2팀** 김형욱 박익비 **라이프팀** 박지혜
책임편집 박익비
디자인 남다희 홍진기
펴낸곳 유노북스
등록번호 제2015-000010호
주소 서울시 마포구 월드컵로20길 5, 4층
전화 02-323-7763 **팩스** 02-323-7764 **이메일** uknowbooks@naver.com

ISBN 979-11-90826-37-2 (03810)

- — 책값은 책 뒤표지에 있습니다.
- — 잘못된 책은 구입하신 곳에서 환불 또는 교환하실 수 있습니다.